私はどうも死ぬ気がしない

荒々しく、平凡に生きる極意

金子兜太

GENTOSHA

はじめに

私はどうも死ぬ気がしない。九十五歳を迎えましたが、最近では、私は死なないのではないか、とすら思います。

三か月にいっぺん都内の医者に通っています。先日、骨密度の検査結果を聞きに行くと、医者にこう言われました。

「あんた、化け物みたいな体だ」

人並みに風邪もひきます。九十のときには顔面神経痛、翌年には類天疱瘡《るいてんぽうそう》という皮膚病、それから初期の内臓のがんも患いました。

幸い、どれも大事にはいたりませんでした。「先生、ふつうの人間ですよ」と言うと、医者はいやいやと首を振りました。

「骨密度は二十歳代の青年のものですよ」

自分でも驚いています。そもそも私は丈夫にできているのでしょう。健康法というほどのものではありませんが、朝は八時、九時には起きて、簡単な体操をし、立禅《りつぜん》をおこないます。

立禅とは、立ったまま集中する座禅のようなものです。黙って立っていると、あれこれつまらんことを考えてしまいます。だからブツブツと言います。何を言うか。死んだ人の名前を暗記し、決めた順番にとなえているのです。

名前をブツブツとなえていると、そこに一種のリズムが生まれます。このリズムが大事です。この歳《とし》になると、多くの縁者はあちらに行っていますから、読みあげる名前がたくさんあります。名前を忘れることもあります。忘れたら思い出すまで粘ります。「絶対に忘れるな、忘れたらボケるぞ」と自分に言い聞かせながら、集中して縁ある人たちの名前をとなえます。

すると不思議と霊力が湧いてくるのです。死んだ人たちのパワーが自分のなかに満ちてきます。そうしたら、深呼吸をします。深く腹の底まで息を吸いこみ、ゆっくりと吐く。これを十回ほどおこないます。

私は、無宗教者ですが、昔から言霊《ことだま》というものを感じます。これは俳句のおかげだと思っています。俳句は五七調最短定型詩。五七五の十七音には、特殊な響きがあります。日本人が古来受け継いできた、正しく健全なリズムがあるのです。五七調の文句を聞いたり、口ずさんだりしたときに、誰もがなんとも言いがたいいい気持ちになります。

物心ついたころからこの十七音に、自分の生活のすべてをのせて生きてきました。日々起こること、感じることを、言葉にして口ずさみ、定型の音に収め、俳句を作ってきました。

死者の名前から霊力を感じられるようになったのは、この俳句のおかげでしょう。そもそも私が九十五を迎えるまで生きてこられたのだって、俳句を作り続けてきたおかげだといえます。

長命への意志はありますが、寿命という言葉は、私の念頭にはありません。いつ死んでもいい、と思って生きています。もうこわいものもなくなりました。仕事は今も続けています。でも焦《あせ》ることもなければ、急ぐこともありません。無理はしません。生理的に楽しいと感じることだけをします。

最近は、死への恐怖がないうえに、どうも死ぬ気がしない。私は死なないのではないか、と思うのです。

どうしたらそんなふうに生きられますか？　と尋ねられても、秘訣などありません。いつからそうなった、というわけではなく、最初からそうしてきたのです。太平洋戦争で海軍主計中尉としてトラック島に赴任したときも、日本銀行に勤務し、地方を転々としていたときも、そして定年してからの三十五年間も。自分に嘘がつけない性分です。だからやりたいことをやってきました。

私にとって、やりたいこととは俳句でした。「自分は俳句そのものである」、そう思えるほど、私の日常はこれまでも、今現在もすべて俳句になっています。

人それぞれ、やりたいことは違います。あなたはあなたのやりたいことをすればいいのです。大事なのは、自分に嘘をつかないこと。嘘っぱちは体によくありません。嘘をついて生きると不安になるし、不健康になる。本音で生きればいいのです。

ここにあげた俳句はすべて私の本音です。大正昭和平成と続く、私の生活から生まれた本音ばかり。これから生きていくあなたに、私の本音が、少しは役に立つかもしれません。

私はどうも死ぬ気がしない　荒々しく、平凡に生きる極意

目次

第二章　荒々しく、平凡に生きる

第三章 不安が人を強くする

第四章　いのちは死なない

装丁◎石川直美（カメガイ デザイン オフィス） 写真◎東京新聞 DTP◎美創
協力◎柄川昭彦、オフィス201（小川ましろ）

第一章

迷ったら生まれた場所にもどる

生まれ育った土地が
あなたを支えてくれる

生まれ育った土地はどんなときでもそこにある

生まれ育った土地のことを、その人にとっての産土《うぶすな》と言います。いい言葉です。産土こそが人生を支えてくれると思っています。生まれた土地で今も暮らしている人もいるでしょうし、その土地を遠く離れ、都会で暮らしている人もいるでしょう。どちらだとしても、自分が生まれ育った土地を大切にしたほうがいい。それだけははっきりと言えます。

長い人生には、自分の築き上げてきたものが、もろくも崩れ去ってしまうことがあります。たとえば、信用だとか、評判だとか、実績だとか、人間関係だとか……。それらのものが崩れてしまうとき、何か崩れないものが残っていたら、その人は救われます。
自分が生まれ育った土地は、いつもそこにあります。長い年月が経てば、街の様子が多少変わることはあるでしょう。しかし、土は変わりません。どんなときでもそこにあります。

土の上で暮らすことで得られるものがある

私にとっての産土は、山国の秩父《ちちぶ》です。幼少時をそこで過ごし、秩父の土地に私は育てられました。

曼《まん》珠《じゆ》沙《しや》華《げ》どれも腹出し秩父の子

東京の大学に通っていたころに作った句です。休暇に帰郷したとき、曼珠沙華があふれるように咲く畑道で、子どもたちが走ってくるのに出会ったのです。夏の終わりでした。着ていたものの前をはだけ、腹を丸出しにして走ってきます。そんな子どもたちの姿を見たことで、生まれてきた句でした。

この句を作ったのは、たぶん二十歳くらいのころですが、それから長い年月を経て、四十代の後半になったころ、この句のことが妙に気になるようになってきました。自分が秩父からほど近い熊谷《くまがや》の地で暮らしはじめたことが、その原因だったようです。

それ以前は、東京の杉並区にある日本銀行の宿舎で生活していました。その後、私は都内でのマンション暮らしを考えていたのですが、それに反対したのが妻でした。

「あなたは土の上にいないとだめになる」

その時は妙なことを言うと思いましたが、熊谷に家を建て、そこで暮らしはじめてみると、なるほど、妻の言う通りだったと思えたものです。

私自身が、秩父という自分の産土を、強く意識するようになったのは、そのころからでした。根深いつながりを感じさせる土地、血の気が通っている土、そういうものに自分が引き寄せられていくのです。

そして、若いころに作ったこの句が気になりはじめました。私の俳句にとって、秩父という土地が、重要な意味を持つようになっていたのかもしれません。秩父の土が私という人間を生み出したように、私の俳句もやはり、秩父の土から切り離すことはできない。そう思えてきたのです。

土を大切にしている人は簡単には倒れない

産土を意識するようになると、人は地に足がついた仕事をするようになります。浮ついたものではなく、真に自分らしいもの、自分の城を作るようになるものです。私は俳句を作りますが、どんな仕事をしている人でも、それは同じでしょう。

生まれ育った土地を離れ、都会のアスファルトとコンクリートの上で暮らすのは、何とも頼りないものです。高度経済成長の時代には、地方から多くの若者が東京に出てきて、郷里の土から離れた暮らしをはじめました。経済的にはどんどん豊かになっていく時代でしたが、人々が失ったものも大きかったのです。

都会で暮らすことは、ある意味でしかたがないともいえます。しかし、生まれ育った土地を見捨ててしまってはいけません。郷里の土を踏んでみれば、自分の原点はここにあると、強く感じられるはずです。

ある程度の年齢になったら、自分の郷里にもどり、そこで暮らす。ぜひ、そうしてみるといい。たとえそれができなくても、自分を生み出した土地は大切にしなければいけません。

自分は土を踏んで立っている。そう自覚している人は、何かつらいことがあっても、そう簡単には倒れません。生まれ育った土地に立っているという実感は、力を生み出してくれます。

人生にはつらいときが何度も訪れますが、土から得られる力があれば、それを乗り越えていくことができます。

土が、何が本物かを見極めさせてくれる

私は俳句を作り続けてきましたが、俳句というのは、日本語にとっての〝土〟のようなものだと感じています。俳句は五七五の三句体の表現形式ですが、これは貴族のものだった和歌の五七五七七から、下の七七を切り離すことで生まれたものです。そして、それによって、俳句が庶民のものとなったという歴史があります。五七五のリズムには、日本人の庶民の持つ、土着のたくましい強さがあるといっていいでしょう。

日本語には、時代の中で生み出されたものの、まだ熟成されず、地に足がついていない言葉がたくさんあります。こういう言葉のなかには、日常の会話ではさかんに使われていても、俳句の五七五に入れてみると、まったくなじまず、はじき出されてしまうものがある。まだ人のこころをとらえる本当の強さを獲得して

いないのです。

俳句のリズムにのるかどうかは、その言葉が日本語として本物かどうかを教えてくれます。

同じように自分の〝土〟を持っている人は、何が本物なのか、何が形だけの浮ついたものなのかを見分けることができます。

自分の生まれ育った土地を大切にし、そこに基準を置き、地に足のついた生き方をしていれば、その人はたやすく倒れたりはしないのです。

曼珠沙華どれも腹出し秩父の子

母の身体は仏である

土につながっているという思いが人を強くする

私の母は子どもを六人産み、育てました。私はいちばん上で、母が数えで十八歳のときの子。満年齢でいえば、十七歳で産んだことになります。三人目からは産婆をしていた私の叔母が取り上げたのですが、その叔母がよく言っていたものです。

「おまえのおふくろは丈夫な女だ。おまえらを産むとき、うんこをするようにウッとうなると、ポコッと出て来る。だから、おまえはうんこだ」

その言葉が記憶に残っていて、俳句ができました。

長寿の母うんこのように我を産みぬ

母はだるまのような体型をしていました。小太りで尻が大きい。田舎では味噌を丸めた玉を「地玉」といいますが、「おめえのおふくろは地玉みてえだ」とよく言われたものです。

その母がいとも簡単に子どもを産んでしまう。六人の子を次々と産み、慈しんで育ててくれた。今から考えてみると観音様のような存在です。

うんこの話が好きな人は信用できる

自分が母のうんこだというのはいいですね。うんことというのは、つまり土です。自分が土につながっているという思いを、強く持つようになりました。

この考えは、私を強くしてくれました。うんこだとか、土だとか、そういうことを考えていると力が湧いてきます。私は秩父で育ちましたが、当時の山国の生活を思い出してみると、まさに糞尿が身近にありました。私にとって、うんこは忌避すべきものではなかったのです。

漫画家の水木しげるさんが、テレビか何かで、「うんこと屁が好きだ」と言っているのを聞いて、なるほどと思ったことがあります。それが、水木さんの作品の持つ強さや骨太さにつながると感じたからです。それで、こちらからお願いして対談したことがあるのですが、実に楽しそうに、うんこと屁の話をされていました。

私は自分のことを「糞尿愛好家」と言っていますが、水木さんもまさにそうなのです。うんこと屁が好きだという人を私が信用するのは、そういう人は土がわかる人間だと思うからです。

死を知っていのちは強くなる

人はいろいろなことで強さを身につけていきます。これまでの自分の人生を振り返ってみると、自分はこう生きていこうと決めたときが二度ありました。

一度目は、戦争が終わり、トラック島から引き揚げたときです。

あの島では多くの人が悲惨な死を遂げました。その人たちのために生きねばと心に決めたあのとき、私はそれまでよりも強くなれたと思っています。

二度目は、四十代後半になり、産土について身にしみて考えるようになったころです。

熊谷で暮らすようになり、秩父に山小屋も建てたことで、自分が生まれ育った土を踏みしめているという充実感を覚えるようになっていました。そして、産土を大切にして生きていこうと決めました。それによって、体の奥から湧いてくるような力をも感じられるようになったのです。

仏のような母が、うんこをするようにこの世に産み落としたわがいのち。同胞の死を知ることで強くなり、最後はうんこにつながる産土と一体化することで、よりいっそう強くなりました。もうこわいものはありません。母の肉体に感謝しています。

長寿の母うんこのように我を産みぬ

肉親を大切に。
その肉体を思うだけでもいい

父親に対する考えが変わったできごと

父は田舎町の開業医で、俳句も作りました。俳号を伊昔紅《いせきこう》といいます。獨逸《どいつ》学協会学校（現在の獨協中学・高校）から京都府立医専（現在の京都府立医大）へと進み、医者になるのですが、中学の同級生に、俳人の水原秋櫻子《しゅうおうし》がいました。秋櫻子が「馬酔木《あしび》」という雑誌をはじめると、父は「馬酔木」の秩父支部を作り、句会を開くようになります。生活を見つめ、そこから俳句を作る、「馬酔木」だからそれができるのだと、父は言っていました。そして、父の句会には山で働く男たちが集まり、生活のなかから生まれてくる俳句を作っていました。

父の句にこういうものがあります。

往診の靴の先なる栗拾う

田舎の開業医として、来てほしいと乞われれば、父はどこにでも往診していました。栗が落ちているような山道を、歩いていくこともあったのでしょう。まさにそんな生活のなかから生まれてきた俳句なのです。

子どものころの私は、父を嫌っていました。父は忙しかったこともあるのでしょうが、家庭のことを気にかけることもなく、子どもはほったらかし。しかられて、ひどく殴られたこともありました。乱暴なところのある父だったのです。

そんな父が変わったのは、年の離れたいちばん下の弟が生まれたときからでした。

みどりごのちんぽこつまむ夏の父

「ちんぽこつまむ」というのは、父なりのかわいがり方なのです。このころになって、ようやく人生に余裕が出てきたのかもしれません。赤ん坊のちんぽこをつまんでいるのを見て、こんな一面もあったのだと、それまで知らなかった親父を発見したような気がしたものです。

肉親を思うことが自分を強くする

肉親というのは、得てして反感の対象になったりします。私自身、父に対して、「この野郎、許さねえ」という気持ちになったこともありますし、「けしからんやつだ」と思ったこともあります。性格や行動に問題のある人間というのは、いるものです。

しかし、そんなことは二の次にして、たとえどんな人間だったとしても、肉親は大切にしたほうがいい。郷里の土が大切なように、肉親というのは、それ以外いない、替えのきかない大切なものです。そういう思いに行き着いたとき、やはり人は強くなれるのだと思います。

母親がうんこのように私たちを産んだという話も、父親が弟のちんぽこをつまんでいた光景も、私にとっては貴重なものです。それをずっと忘れず、大切にしてきたことが、私にある種の強さを与えてくれたと思っています。

肉親から離れて暮らしている人もいるでしょう。私自身、秩父の実家を離れて銀行勤めをしていました。都会での勤めがあれば、肉親に会う機会はたまにしかありません。それでも、父親のことや母親のことを思っていればいいのです。見えるところに写真を置いておくというのもいいかもしれない。いつもこころにとめている肉親がいれば、自分ひとりではないと思うことができます。

肉親に恨みつらみがある人、嫌な思いを持つ人は、肉親の肉体を思うだけでいいのです。性格や行動などどうでもいい。自分をこの世に送り出した、肉親の肉体を大切に思う。それが、つらくなったときや苦しくなったときに、支えになってくれるのです。

みどりごのちんぽこつまむ夏の父

生き方を受け入れてくれる人が生命力を与えてくれる

母の思う通りに生きられないこともある

私の母は百四歳まで生きました。丈夫だったのです。その母に私はよく似ています。顔つきも似ているし、小太りの体型もそっくり。楽天的な性格も、どうやら母親ゆずりのようです。

私は東京に出て銀行に勤めましたから、実家は医者になった次男が継ぎ、母の面倒もみてくれていました。おかげで長生きできたともいえるのです。

その母が亡くなる年の夏、具合があまりよくないというので、秩父まで見舞いに行きました。すると、母は私の顔を見るなり、「与太《よた》が来た、与太が来た、ばんざーい」と言ったのです。うれしそうに、満面の笑顔でそう言いました。その日が、私にとって母との別れの日でした。

夏の山国母いてわれを与太と言う

いつのころからか、母は私のことを「与太」と呼んでいました。与太者の与太です。兜太《とうた》とは呼びません。長男のくせに父親の医院を継ごうともせず、俳句ばかりやっている私は、母にしてみれば、いつまでたっても「与太」だったのかもしれません。

若いころの母は、父の俳句で苦労しました。父が開く句会には、男たちが二十人、三十人と集まり、句会のあとは酒となります。そして、酒が入ると口論がはじまり、やがてけんかです。そんな男たちを見ていて、母は「俳句などぜったいにやってはいけない」と、何度も私に言っていたものでした。

その言いつけを守らず、俳句にうつつを抜かし、医院も継がないのですから、与太と呼びたくなるのも無理はないのです。

親と子だから言えることがある

母が私を「与太」と呼ぶのは、自分が産んだ子どもだからです。そういったつながりがなければ、「与太」とは呼べません。だから、私もそう呼ばれることがうれしくもあるのです。

あの最後の日の、「与太が来た、与太が来た、ばんざーい」は、今でも懐かしく記憶に残っています。母が私を「与太」と呼んでいたことも、私の顔を見てうれしそうにそう言ったことも、いい思い出です。

多くの母親にとって、自分の息子というのは、多かれ少なかれ「与太」なのかもしれません。なかなか思い通りには育ってくれない存在です。

しかし、私の母が親しみをこめて私を「与太」と呼んだように、多くの母親は息子の生き方を受け入れます。

母の存在は、生きる力になります。私にとっては、自分のことを「与太」と呼ぶ母がいることが、バイタリティを生み出してくれています。みんな、母の思いが伝わってくるような記憶を、ひとつやふたつは持っているでしょう。そういう思い出を大切にするといい。あなたの生きる力になってくれるからです。

私は俳句にして残しました。今でもあの夏の日の母の声が、鮮明によみがえってきます。

夏の山国母いてわれを与太と言う

故郷に関心を持つと生き方に力強さが生まれる

地方の解体、本当にそれでいいのか?

かつて東京でオリンピックが開催されたころ、高度経済成長で日本は大きく変わっていきました。都会が膨張し、地方の解体がどんどん進み、農村や山村は崩壊にむかっていったのです。私の郷里である秩父も、例外ではありませんでした。昭和三十年代から四十年代にかけて、かつては存在していた農村の共同体や、私の記憶に残っている山村の生活は、消えていきつつありました。

霧の村石を投《ほう》らば父母散らん

秩父は山国ですから霧がよく出ます。春や秋はとくに多く、私が訪れた日も、実家がある秩父の皆野町《みなのまち》は深い霧に覆われていました。

そのときに感じたのは、「ちっぽけな村だな」ということでした。年老いた父母とも、会えば口げんかをしたりするのですが、「眇《びょう》たる存在だな」と感じたのです。村にむかってポーンと石を投げたら、それだけで、村も父母も飛び散ってしまうのではないか。そんな気がするほど、郷里の村や、父母のことが、とても小さな存在に感じられました。

高度経済成長による地方の解体は、ものすごい勢いで進行していて、秩父の小さな村などひとたまりもなく、そこに暮らしてきた父母も、なすすべもなく吹き飛ばされてしまうに違いない。本当にそれでいいのか？　という社会批判をこめた句だったのです。

ちょうど私は、産土に関心を持ちはじめていました。自分の生まれ育った土地を大切にし、そこで暮らすことの価値がわかりはじめた時期でした。自分が幼かったころの、秩父での生活を思い出すことも多くなっていました。だからこそ、それらが崩壊していくことが気になっていたのです。

日本は結局そのままの方向に進んでいき、都会は膨張し続け、私の記憶に残るような昔の山村の生活は失われていきました。都会に出た人たちは、土から離れた暮らしをはじめ、生まれ育った土地のことなど振り返ることもなくなっていきます。

少なくとも高度経済成長の時代には、崩壊にむかっている郷里のことを、思い出す暇すらなかったのです。

不安を感じ、生きることに疲れてしまったら

家族も核家族が基本になりました。私はもともと大家族には批判的な考えを持っていました。自分が育てられた家で、母が姑や小姑からいじめられるのを見てきたからです。そうした大家族が姿を消し、都会を中心に、ばらばらに分裂した核家族が増えたわけですが、この家族形態にも私は批判的です。どうしても産土とのつながりが切れてしまいがちだからです。

都会での土から切り離された生活は、いのちのエネルギー不足とでもいうべき現象を引き起こしました。生活が便利になり、豊かになっているのに、生きるたくましさはむしろ弱くなっているように思えます。いつも不安を感じ、生きることに疲れてしまっている人が多いのです。

そんな人たちこそ、自分の故郷を大切にしたほうがいいと思います。私の経験では、生まれ育った土地に関心を持つようになると、人はいい仕事をするようになに

なりますし、生き方に力強さが出てきます。上っ面の格好よさばかり求めるのではなく、大地に根差したしっかりした価値観を持つようになるからでしょう。

霧の村石を投らば父母散らん

いいおふくろに恵まれてこそ、いい男に育つ

男の子を育てるには、おおらかなところが必要

母は百四歳でこの世を去りました。平成十六年（二〇〇四）十二月のことです。体が丈夫だったこともたしかですが、非常におおらかな、のんびりした性格の人でした。そういう性格だったから、長生きできたという面もあるのでしょう。また、私にとっては、いいおふくろでした。

母が亡くなったときにできた句があります。

冬の山国母長寿して我を去る

私はよく言うのですが、男の子は、いいおふくろに恵まれないと、いい男に育ちません。これは断言できます。たくさんの例を見ても、たしかにそうなのです。いいやつだと思える男には、たいていいい母親がいます。男の子にとって、母親はやはり特別な存在です。そのため、成長していく過程で、母親の影響を色濃く受けてしまうのでしょう。

男の子を育てるには、母親は少しおおらかなところを持っていたほうがいいのかもしれません。わが子を大切にすることは必要ですが、あまり細かいことまで気にしていると、子どももそのように育ってしまいます。

いい母親に恵まれなかったら……

しかし、子どもにしてみれば、親を選ぶことができません。

「いい母親でないといい男に育たないと言われても、母親を替えるわけにはいかないのだから、しかたがないではないか」――そういう意見が出てくるのも、よくわかります。その通りなのです。

では、自分は母親に恵まれなかったと感じたら、どうしたらいいでしょうか。あきらめなさい、などと言うつもりはありません。その分を自分で努力し、補えばよいのです。そういう努力が、実は貴重なのだと思います。

冬の山国母長寿して我を去る

第二章

荒々しく、平凡に生きる

漂泊の思いをかみしめる。「無」にはなれるが、「空」にはなれない

「無心の旅」という生きざまの魅力

白梅や老子《ろうし》無心の旅に住む

これは私の処女作です。旧制水戸高校一年生のとき、先輩に誘われて出席した句会で作りました。水戸の偕楽園の梅は有名です。それに刺激されてできたのですが、老子が出てくるのは、そのころ読んでいた詩集の影響です。

老子が魅力的だったのは、戦時下（十五年戦争）を息苦しい思いで学生生活を

送っていた自分につながる思いがあったからです。「無心の旅」という生きざまの魅力と言ってもいいでしょう。

私は、太古、森から出て社会というものを作り、しかしそこに満足して定住できないで、あれこれ生きている人間の生きざま（その内面）を、自分なりに次のように整理しています。

「欲（本能）」のままに生きる。「有《ゆう》の世界（境地）」に生きる。あるいは「有心」のままに生きる、と言いかえてもいい。この生きざま（「有り態《ありてい》」）を、私は「漂泊」と呼んでいます。「定住漂泊」です。社会に定住してはいますが、その有り態は「漂泊」と言える状態だ、ということです。

しかし、その「欲」を押さえ込んで生きる人もいます。「有の世界」を超えて「無」の世界に生きる。「老子無心の旅」とは、老子はその境地（世界）にいて、そのこころの状態のままに旅をしていた、ということでした。

「定住漂泊」が「定住放浪」にまで突き抜けたら

とはいえ、実際の人間はそんなに出来のよいものではないのです。欲は、そんなにサラリと捨てきれるものではないから、「無」の状態はなかなか続きません。ふと気づくと欲がむらむらと盛り上がってきて、「有の世界」に戻ってしまう。その繰り返しです。老子の場合も、そのこととのこころの戦いが繰り返されていたのではないでしょうか。

「無の持続」を獲得したときのこころの状態を「空《くう》」と言います。「空」を、「放浪」状態にあり、と言っていたのが「放浪の俳人」と通称されている種田山頭火でした。

山頭火は「空」を求めて「放浪」していたのですが、なかなか「無の持続」「空」の状態は得られませんでした。彼は、「無にはなれるが、空にはなれない」(なかなか空の状態は持続できない)と日記『行乞記《ぎようこつき》』に書いています。「漂泊」

の状態から「放浪」の状態に突き抜けて持続できたら、社会などに煩わされることはなく、どれほどか生きやすかろう、といつも思っていたのでしょう。「定住漂泊」の日常が、「定住放浪」の状態にまで突き抜けたらと、老子も思っていたのではないか。青年の私には、とても考えられなかったことですが、今ではそんなことも考えます。

そして今更に、まだまだ青臭かったはずの老子像を思いやり、偕楽園の白梅のなかに立っている姿、なかなかに味あり、と自画自賛しているのです。

白梅や老子無心の旅に住む

自分の愚を自覚すると、強く生きることができる

一茶の俳句は自分の体で好きになった

小林一茶にもともと共感を持っています。私が一茶に対して強い関心を抱くようになったのは、自分の生まれ育った土地、「産土」の大切さを自覚するようになったころでした。

私にとって産土は秩父ですが、一茶は奥信濃《おくしなの》の柏原《かしわばら》というところで、農家の子として生まれています。柏原は北国《ほっこく》街道の宿場町で、秩父からは距離があります。ただ、山中にある柏原が、私には山国秩父から地続きで、一茶と自分の体が触れ合っている、と感じられるのです。

秩父は関東地方の西のはずれに位置していますが、山国です。その山が、佐久《さく》へと続き、上田《うえだ》につながり、黒姫山《くろひめやま》のあたりまでつながっていきます。そう考えると、黒姫山の根元にある柏原は、秩父と地続き、体の続きなのです。

私が一茶の句を好きなのは、たぶんそういうことが関係しているのだろうと思っています。なぜなら、一茶の句は自分の体で好きになったからです。理屈ではなく、こころにすとんと落ちるのです。

煩悩のままに生きる、欲のままに生きる

一茶は毎年正月に、前年を振り返ったり、新しい年にどうしたらいいかを考えたりして、文章を書いています。

六十歳の正月に書いた文章に、「荒凡夫《あらぼんぷ》」という言葉が使われています。阿弥陀如来にむけて、「自分を荒凡夫として生かしていただきたい」とお願いしているのです。「荒凡夫」とは、自由に煩悩のままに生きる平凡な人間という意味です。

その文章で、一茶はこうも書いています。これまでの五十九年間、人生に迷ってきたが、これからも迷いを重ねるしかない。「愚」につける薬はないので、「愚」のままに生きたい。それが、六十歳を迎えた一茶の願いだったのです。

一茶は浄土真宗の門徒でしたから、ここでいう「愚」とは、煩悩具足、五欲兼備のままに、ということです。煩悩のままに、欲のままに、俗人として生きてきた、これからもそうしていきたい、ということです。

一茶がこういった境地にいたったのは、病気も関係しています。五十七歳のときに長女さとが亡くなり、その影響もあり、五十八歳のときに中風に倒れます。現在の脳卒中でしょう。半身不随となって歩けなくなり、言語障害も起こしていましたが、温泉で療養したのがよかったのか、五十九歳で回復します。そして、荒凡夫として生きたい、という考えに行き着いたのです。

自分も荒凡夫でありたいという願い

一茶の人生は漂泊の人生です。

十五歳で江戸に出て俳諧を学び、何とか俳諧を仕事とするようになるのですが、俳句で食べていくためには、宗匠《そうしょう》にならないとだめです。幸い、宗匠の前の「執《しゅ》筆《ひっ》」という立場を得ていたので、その肩書きを利用して地方をまわり、俳句を教えるような仕事をしていました。旅から旅へと漂泊を続ける暮らしです。

そういう暮らしを続けてきた一茶が、六十歳になり、「荒凡夫」として生きたいと願うようになる。その気持ちが、私にはよくわかるような気がしました。

そして、私自身も「荒凡夫」として生きたいと思うようになっていったのです。

そんな気持ちだったころ、秩父を歩いていて、できた句があります。

谷間谷間に満作が咲く荒凡夫

秩父には、小さな谷間がいくつもあります。里山を歩いていくと、そんな谷間に、どこでも黄色い満作の花が咲いていたのです。

自分で自分を見ることができるようになってきたころの句です。

こうした変化が訪れたのは、やはり産土の影響なのでしょう。産土を意識するようになったことで、私は自分に安定感が出てくるのを感じました。これが産土の持つ安定感なのです。

放浪から脱したとき、自分を見つめなおすことができる

人は漂泊の状態なら、自分を顧みることができます。定住とのせめぎあいを余儀なくされているからです。しかし、放浪状態ではできません。

種田山頭火は放浪の俳人ですが、放浪を続けていたときは定住を放棄していますから、漂泊を意識していたとは思えません。漂泊を自覚するときは、定住を指

向するときでもあります。放浪を続けていた山頭火には、そういった迷いはありませんでした。

完全に定住漂泊の迷いを捨てきることができれば、「空《くう》」の世界に行けるのです。しかし、はたしてどれだけの人間が「空」にたどり着けるのでしょう。

山頭火は自ら「無にはなれるが、空にはなれない」と言っています。完全に定住漂泊のせめぎあいを捨て、「空」になることはできなかったようです。だから晩年になって仲間の助けもあり、山口県にある其中庵《ごちゅうあん》という庵《いおり》に入ります。そして、そのころから、自分の漂泊を自覚するようになっていくのです。

漂泊を自覚していない状態は、非常に弱い状態です。其中庵に移る以前の山頭火のわがままぶりを見ると、それがよくわかります。人間は、定住と漂泊のせめぎあいがわかるようになって、はじめて強くなれるのです。

人から憎まれもせず、迷惑もかけず、荒凡夫として生きる

六十歳になった一茶は、自分は俗に生きる平凡な人間、定住漂泊の間をうろつく並みの人間、つまり「愚」のかたまり（煩悩のかたまり）であることを自覚していました。そして残りの人生を、荒凡夫として、煩悩のままに生きていこうと願っていたわけです。このように、自分の愚を自覚した人間は強いものです。

そして、一茶は荒凡夫として六十五歳までの人生を生きました。ふつう、自分の欲のままに生きると、人に迷惑をかけるものです。しかし、一茶は、周囲の人に迷惑をかけることがほとんどありませんでした。そこが一茶らしいところなのです。

一茶は、自《おの》ずと原郷、アニミズムの世界に触れることができた人間でした。

彼は本能のままに生きようとしました。本能は欲を生み出すことが多いのですが、その一方で、美しいものをとらえてくれます。原郷に触れてくれます。その側面があらわれたことで、一茶は多くの俳句を残し、人から憎まれもせず、荒凡夫として生きることができたのです。

本能を押し殺すことなく、荒々しく平凡に生きて、人に迷惑をかけることもない。その感覚、その句は「原郷」に触れることが多い。荒凡夫としての一茶の生き方には、学ぶ点が多いのです。

谷間谷間に満作が咲く荒凡夫

欲望をおさえすぎない。本能をいたわりながら生きる

長続きさせるには禁欲的になりすぎない

酒をやめなければならないかな、と考えるようになったのは、六十代になったころでした。それまでは自分の体に自信を持っていたのですが、六十代になったとたん、自信が崩れ去りました。

まず、痛風で苦しめられることになり、ひどい発作に四度も見舞われることになったのです。さらに歯槽膿漏《しそうのうろう》で歯が抜けはじめました。歯みがきをしなくても虫歯にならないほど歯は丈夫だったのですが、その根もとの歯ぐきがやられたわけです。くわえて、風邪をひきやすくなり、ぎっくり腰で動けなくなるなど、次

から次へと体の不調があらわれてきました。

このままでは大変なことになるぞ、と思いました。それで、摂生しなくてはと主治医に相談し、酒をやめることにしたのです。大好きな牛肉と豚肉もやめ、魚と鶏肉にしました。

酒止めようかどの本能と遊ぼうか

酒をやめるのはなかなかたいへんだぞ、と思っていました。何しろ、それまでは毎晩飲んでいたのですから、私にとっては一大事です。禁酒を持続するためには、代わりにどこかをゆるくしておいたほうがいい。そこで、酒を飲みたい、肉を食いたいという欲望はおさえるけれど、その代償にどんな本能と遊ぼうかと考えたわけです。

人の本能についてわかっている人ほどうまく抑制できる

何かひとつの重要なことをなしとげるためには、あれもこれもやめなければ、と考えてしまう人がいます。真面目な人ほど、こう考えがちです。

しかし、実はそういうのはいちばんむずかしいのです。

まず、ほとんどが失敗に終わります。禁欲的になればなるほど、それを長続きさせるのがむずかしくなってしまうからです。

欲をおさえこめばおさえこむほど、何かがなしとげられる、などというのは幻想でしかありません。実際は、完全禁欲主義でがんばるより、あまりがまんせず、てきとうに欲を満たすほうが長続きさせることができます。

何か欲望をひとつ断とうというときには、別の欲を代替品として用意しておくようにします。人間の本能は、そう簡単にはおさえこめないからです。

この俳句は、私の作品のなかでも人気がある句のひとつです。とくに実業界の人たちに気に入られています。「この句に出会ったおかげで禁酒できましたよ」と言ってくる人もいます。

これだけ多くの人が反応するということは、酒に限らず、何かをやめなければならない状況に置かれた人たちが、たくさんいるためかもしれません。何かをやめようと思ったら、禁欲的になりすぎないことが大切。人間の本能についてわかっている人ほど、うまくやめられるものです。

酒止めようかどの本能と遊ぼうか

生き物のなりゆきを承知しておけばたんたんと生きられる

現実を肯定的に受けとめる

東京都庁に勤めていた方と知り合いになったときのことです。話をしていると、定年で退職したばかりだということがわかってきました。若いころからずっと仕事をしてきたのに、それがなくなってしまい、何とも頼りない気持ちで毎日を過ごしていると言います。老いるという現実を突きつけられ、参っているように見受けられました。

色紙に何か書いてくれないかと頼まれ、私は思いつくままにこんな俳句を書いたのです。

髭のびててっぺん薄き自然かな

実は、私自身、勤めを退職して数年というころでした。当時は五十五歳が定年でしたから、五十代後半の年齢です。年を取るという現実は、私にも同じように降りかかってきていたのです。

私の髪の毛は、四十代の後半から減りはじめていましたから、そのころにはかなり薄くなっていました。その一方で、髭や耳の穴の毛は、どんどん濃くなっていきます。頭に行くべき毛が頭に行かず、代わりに髭や耳の穴の毛になっているような気がしたものです。

ただ、そのことで私は落ちこんだりはしませんでした。人間は生き物なのですから、当然、年は取ります。年を取れば、てっぺんが薄くなり、髭が濃くなってきます。それが自然です。

そういう生き物としてのなりゆきを、しっかりと承知しておけば、老いることに対して、それほど動揺することもありませんし、苦痛を感じることもありません。そして、たんたんと人生を送ることができます。

なりゆきを承知しておくということは、大切だと思います。ある年齢になれば、定年退職するのはあたり前のことです。そのことでへたに落ちこんだりするより、その現実を肯定的に受けとめたほうがいいに決まっています。それを伝えたかったのです。

あきらめるのではなく承知する

その方からは、数か月後に手紙をいただきました。私の句をたいへん気に入ってくれたそうで、「あれからは、退職したことにこだわらないようにして毎日を送っています」ということでした。不思議なもので、そう考えられるようになったところから、「働きませんか」という誘いが来るようになったというのです。そんなものかもしれません。

「定年退職したら、おろおろせずに、そういうものだと受けとめる。まさに自然体がいいのですな」

これが、その人のたどり着いた結論でした。

このころから、私は「自然《じねん》」という仏教語を、自分なりに理解できたような気がしました。本能には逆らわず、本能をいたわりながら生きていくということでしょう。

それはあきらめることとは違います。もう年を取ったからとあきらめるのではなく、それが自然だと客観視して、ただ承知することが大事なのです。それができれば、自分に起きてくる変化に落ちこんだりすることもなく、たんたんと生きることができるでしょう。

髭のびてつぺん薄き自然かな

悩んだら目をつむれ。自分も生き物だと思えると楽になる

こころを静かに集中させる時間を持つ

私には立禅という習慣があります。座禅ではなく、立禅。黙って座っていると、どうも雑念が次々と浮かんできそうなので、立ったままで目を閉じ、こころを集中させることにしました。

ところが、やってみると、こころを集中させるのはなかなか容易ではありません。どうしても、あれこれ考えはじめ、雑念で頭がいっぱいになってしまいます。そこで一計を案じ、死んだ人たちの名前を次々とあげていくことにしました。

私くらいの年齢まで生きると、すでに多くの友人知人が死んでいます。そうい

う人たちの名前を次々とあげていきながら、その人たちの面影を思い浮かべることにしたのです。人数は最近では百三十人ほどになります。毎日やっていますし、思い出す順番も決まっているので、つかえることなくどんどん名前が出てきます。たまにつかえてしまうことがありますが、時間をかければ思い出すことができます。

こうしていると、雑念が浮かぶこともなく、私は死んだ人たちといっしょにいるような気持ちになれます。時間にしたら三十分弱ですが、私にとっては貴重な時間です。

立禅をやっているせいでもありますが、私にとって死はとても身近なものになっています。死んだ人たちは別のところにいて、そのうち会うことができる。そう考えています。

この考えは、今では確信となっています。

私にとって、死ぬことは特別なことではありません。私自身、ありのままに生きて、自然に死んでいきたいと思っています。生きているものは、いつか死んでいきます。それでいいと思えば、気持ちが少し楽になります。

じっとしてやり過ごすことが必要なときがある

自分は自然のなかで生きている生き物の仲間である、という感覚が私にはあります。そういう感覚から生まれた句がいくつもあるのですが、これもその一つです。

冬眠の蝮《まむし》のほかは寝息なし

熊やこうもりなどの温血動物も冬眠しますが、へび、とかげ、かえるなどの冷血動物は、その多くが冬眠します。枯葉の下や土のなかで冬ごもりする虫も、冬眠とはいわないかもしれませんが、じっとして冬を過ごします。こうしたへびやかえるや虫たちも、私は自分の仲間だと思っています。

人間は冬眠をしませんが、冬眠する動物たちのような深い眠りを必要とすることはあります。何か人生に悩むことがあったら、冬の森の生き物たちを見習い、静かに目を閉じて眠ってしまうといいのです。しーんと静まりかえった森のなかで、寝息もたてずにひっそりと眠り、厳しい冬をやり過ごす。誰であれ、そんな時期が必要になります。

私の俳句では、蝮の寝息だけが聞こえてきます。立禅をやるようになってから、じっと目を閉じていると、この世の地と水と空気が体に染みこんできて、それと同化する体験を持つようになりました。そんなとき、ふだんは聞こえないようなものまで聞こえてくることがあります。生き物たちが冬眠し、静まりかえっているなかで、かすかに蝮の寝息が聞こえてきたのです。

誰もが恐れる毒へびですから、寝息を押し殺す必要もないのでしょう。しかし、じっと冬眠しようと思うなら、「おれも蝮のように高いびきで寝てやろう」などとは考えないことです。そんなことで無理をする必要はありません。ただ、じっと目をつむればいいのです。

苦労を重ねるなかで自分の欲望を見つめる

自分はへびやかえるや虫たちと同じように生き物だ、という感覚を持つようになったきっかけが、小林一茶の「荒凡夫」という生き方でした。

一茶は六十歳のときに、荒凡夫として生きていきたいと書き記します。自分の欲望のままに生きていきたいと願い、実際にそうしたのです。人生の苦労を重ねるなかで、自らの欲望を見つめるようになった。私自身も、荒凡夫でありたいと思っていました。

一茶は煩悩のままに生きましたが、欲に振りまわされ、まわりに迷惑をかけ続けるようなことはありませんでした。それは、一茶のなかに自分を生き物と同じように見る感覚があったからでしょう。

やれ打な蝿《はえ》が手をすり足をする

さく〳〵と飯くふ上をとぶ螢

蚤《のみ》どもがさぞ夜永だろ淋しかろ

どれも一茶の句。小動物と人間が区別なくあつかわれるような俳句を、一茶はたくさん作っています。

欲望のままに生きる荒凡夫でありながら、一茶は人にうとまれたり、憎まれたりしませんでした。それどころか、晩年に弟子が増えているほどです。本人はそれを自覚していなかったでしょうが、一茶の生き物感覚がそれを可能にしたのだと思います。

ここでいう生き物感覚とは、アニミズムのことです。十九世紀イギリスの文化人類学者のタイラーは、生きているものすべてに魂があるとして、アニミズムを唱えました。自分と生き物を区別なく見る一茶の生き物感覚は、ここへつながっています。蠅や蛍や蚤や雀と同じ生き物としての自分がいて、その自分が欲望のままに生きる。それが荒凡夫としての一茶の生き方でした。

自分も生き物だと思えるようになると、人生は楽になります。

冬眠の蝮のほかは寝息なし

アニミズムがわかると腹の底から生きる気力が湧いてくる

自然に生きている状態が美しい

私が埼玉県熊谷市で暮らすようになったのは、高度経済成長の半ばごろです。当時は、家の近くの小川で、牛蛙《うしがえる》がさかんに鳴いていたものでした。今では小川の両側がすっかり住宅になり、もう季節になっても声は聞こえてきません。まだうるさいほど牛蛙が鳴いていたころにこんな句を作りました。

牛蛙ぐわぐわ鳴くよぐわぐわ

創作の根元にアニミズムがあります。生き物はそのままの状態が美しい、と私は考えています。牛蛙は田んぼでぐわぐわと鳴いているのが美しい。同じように、人間も生きているそのままが美しいのです。

できることなら、この句は声に出して読んでいただきたい。声に出して読んでいると、元気になります。腹の底から元気になるような気がします。牛蛙の持つ生命力が湧き出してくるからでしょう。

苦労することでアニミズムの背界がわかるようになる

人間はみんな「原郷」を持っている、と私は考えています。そこはもともと人間が生き物の一員として暮らしていた森です。森から野に出た人間は、足で歩くようになり、社会を作るようになります。そして、人間は他の生き物から区別される存在となり、それが現代の私たちにつながっています。しかし、人間は今もかつて暮らしていた原郷を指向しているのです。

牛蛙も人間も区別なく生き物だという私の生き物感覚は、アニミズムにつながり、原郷指向につながっていきます。人間が生き物たちと区別なく暮らしていた遠い記憶が、どこかに眠っているのかもしれません。

ただ、社会を作った人間は、原郷指向を持ちながらも、社会に定住します。放浪者という一部の人間を除き、多くは定住することを選びます。私自身もそうでした。銀行に定年まで勤めるという形で、世間で生きる道を選びました。ただ、定住していても、こころは原郷を目指して漂泊していました。そのため、作る俳句にはアニミズムがあらわれてくるのです。

人間はいつも、原郷指向と定住して世間を生きていく苦労のからみあい、つまり漂泊のなかにいます。人間が生きるということは、そういうことなのです。そして、人生の苦労を重ねることで、どんな人でもアニミズムを受け入れられるようになります。

最近、わざわざ自然のなかに出かけて行き、アニミズムを感じようという人たちがいるようですが、これは実にばかげています。感じようとしたって、そんなことはできません。

そんなことよりも、「もっともっと苦労しろ」と言いたいのです。定住し、世間で生きていくのは大変なことです。しかし、そうやって生きるために苦労を重ねていれば、自然と原郷の存在がわかってくるし、アニミズムの世界が見えてきます。

牛蛙ぐわぐわ鳴くよぐわぐわ

いのちは強い。止めることも変えることもできない

いのちについて考えることの大切さ

ある時期、私の作る俳句に、さまざまな動物が登場してくるようになりました。私の世界に動物たちがどんどん入ってきたのです。産土の秩父と地続きともいえる熊谷に転居し、土の上での暮らしをはじめてからです。土を意識することで、土から生まれ、土に還《かえ》る〝いのち〟について考える機会が増えました。それは、生き物である私たちにとって、大切なことのように思えます。

そして、こんな句も生まれてきました。

猪《しし》が来て空気を食べる春の峠

秩父は山国です。猪はどこにでもいますが、実際にこういう光景を目にしたわけではありません。想像してみたのです。峠に春が訪れるころになると、猪がそこにやってきて、気ままに空気を吸う。そんな光景を思い浮かべてみると、いのちを感じることができました。

このようないのちがたぎっている句は、自分でも好きなのです。峠の猪に、生命力を感じ、生き物としての強さを感じました。

いのちが尽きるときまでしっかり生きる

人間は、いのちに手をくわえたいと考えることがあるようです。たとえば、もういのちが尽きる、もう終わりだというときに、それでも何とかいのちを長らえる方法はないかと考える人がいます。逆に、まだまだいのちは残されているのに、もう生きていたくないと考える人もいるでしょう。

しかし、いのちはありのままがいちばんいい、と私は思っています。人間は生き物ですから、いつかいのちの尽きるときが訪れます。そのときが来れば、それに任せ、それまではしっかり生きる。いのちをありのままのものとして受け取る。その姿勢が大事だと思っています。

猪が来て空気を食べる春の峠

すべてに魂を感じる。体で理解すると長寿につながる

日本人に受け入れられやすいアニミズム

日本人の感性には独特のものがあります。一木一草に魂が宿っていると無理なく感じることができる。これはアニミズムです。したがって、俳句でも短歌でも詩でも、日本人に人気があるのは、アニミズムを根元に持つ人たちの作品です。小林一茶がそうですし、斎藤茂吉もまぎれもなくアニミズムの歌人です。宮沢賢治や金子みすゞの魅力もそこにあるといえます。

とくに俳句では、人々に本当に親しまれているのは、アニミズムを持つ作品です。松尾芭蕉の「古池や蛙《かわず》飛こむ水のおと」も、正岡子規の「柿くへば鐘が鳴

るなり法隆寺」も、まさにそうです。

これらの俳句については、上五の「古池や」や「柿くへば」がいいという人が多いのですが、よくわかります。水のきれいなただの池ではなく、どろどろした水がたまっているような「古池」だからこそ、芭蕉のこの句はアニミズムなのです。「柿くへば」も、ただ柿があるのではなく、柿を食うという生々しさが、人をひきつけます。

自分のことを振り返ってみると、アニミズムがわかってきてから、自分の作品にもそれがあらわれてきましたし、人の書いたものを読んだ場合には、それに感応できるようになってきました。それが私の身心の健康に大いに役立ったと感じています。アニミズムに気づき、俳句に親しむことが、長寿につながるのではないかと考えています。

すべてのものに魂が宿っている

すべてのものに魂が宿るというのがアニミズムの基本ですが、私にとって、それはごく自然に受け入れられるものでした。秩父で育った幼少時代、生活のなかにそうした考えが溶けこんでいたからです。

小学生のころの私は、兵隊ごっこに明け暮れていました。昭和初期のことです。兵隊ごっこで林のなかを走りまわり、漆《うるし》の木にかぶれることがよくありました。漆の汁がついた手で顔を触れば顔が腫《は》れてしまうし、小用をすれば男根が腫れ上がってしまいます。そんなことを何度も何度も繰り返していたのです。

小学校六年生のときでしたが、私の叔母が、「それは漆の木と結婚すれば治る」と言い出しました。村にそういう言い伝えがあったようです。叔母は漆の木のところに私を連れて行き、持ってきた酒を木にかけました。そして、おまえも飲めということで、ちょっとなめさせられました。叔母は、「これでおまえは漆の木と結婚したのだから、もうかぶれることはない」と言うのです。

あらゆるものに魂が宿っているというのは、私が育った秩父ではあたり前のことでした。もちろん漆の木にも魂が宿っているのです。不思議なことですが、それ以来、私は漆にかぶれなくなりました。

対象となるものと抱き合う

こうした経験もあるのでしょうが、私にはあらゆる生き物に対する信仰に近い親しみがあります。

仏さま鶏《とり》も牛蛙も鳴くよ

生き物が生きているという、ただそれだけのことが、愛おしいと思えることがあります。それを俳句にする。それを説明するのに、「即物」という言葉を使うことができます。

かつて、「即物」と「対物」という概念が流行ったことがあります。六〇年安保の少し前だったでしょうか、「即物的」は東洋的で、「対物的」は欧米的な考え方だと言われていました。その即物的という概念が、あらゆるものに魂があるというアニミズムにつながるように思えたのです。

もう一歩踏みこむなら、即物とは、対象となるものと抱き合うことです。何を対象にするとしても、相手と抱き合えばいい句になります。こういう感覚を持てるようになると、世間という人間社会のさまざまな問題が、そう重大なことには思えなくなってきます。

鶏が鳴いていて、牛蛙の声が聞こえてきて、私も同じ生き物として生きている。そう考えてみると、少し元気になれるような気がするものです。

仏さま鶏も牛蛙も鳴くよ

宇宙までもが一体となる
自分だけの光景を持つ

頭のなかの森で、大きないのちを感じる

幼少年時代を過ごした山国秩父の森には、かつてニホンオオカミがたくさんいました。明治半ばに絶滅したと伝えられていますが、私の身心のなかには、その森があり、のこのことニホンオオカミが歩いています。

おおかみに螢が一つ付いていた

産土である秩父が、私の原郷であり、原郷を思うときには、かならずオオカミがあらわれます。オオカミは、けもの道を群れで駆け抜けることもあれば、個で木々の間からすっと出てくることもあります。

湿気を含むひんやりとした山の空気のなか、足音もたてずにあらわれた一匹のオオカミをよく見ると、蛍の光が一つ瞬いているのです。

そこには、いのちの原始があります。私のアニミズム世界の、一つの光景なのです。私は時折、この光景を思い浮かべます。すると、すべての生き物と自分と、さらに宇宙までもが一体となったような、大きないのちを感じることができるのです。

作家の嵐山光三郎さんが、この句を見て「あんたの遺句にしなさい」と言いました。女性にも人気がある句です。男性より女性のほうが、ピンと来るのかもしれません。

あなたの原郷には、どんな生き物があらわれるでしょうか。

おおかみに螢が一つ付いていた

第三章

不安が人を強くする

矛盾を抱えながら本音を貫くことで、人は強くなる

わかっていても本音は別のところにある

社会のなかで、来る日も来る日も仕事を続けていると、本当にこれでいいんだろうか、私のいるべき場所はここではないのかもしれない、そんな気持ちになることがあります。

かつて学者から教えられたのですが、人類はもともと森のなかで暮らしていたといいます。そして、それぞれが固有の霊魂や精霊などの霊的存在を有するとみなされていました。諸現象は、それらの意思や働きによるものという信仰を持ち、お互いに尊重し合っていました。アニミズムといわれる信仰の世界です。

やがて森を出て、野を歩くことにより、現在のような生活を手に入れていきます。そして、社会を作りました。ところが、人間は今でも、あの森での生活を忘れられず、誰もがそこを指向する本能を持っています。私はそこを「原郷」と呼び、人が漂泊したくなるのはそのためだと考えてきました。

しかも、人間は社会を作りましたから、そのなかで生きていかなければならないという現実があります。きちんと住む場所を定め、世の中での自分の立場に従い、生きていかなければならない。これが定住です。人として社会で生きていくためには、定住するしかありません。

就職したり、結婚したり、子どもが生まれたりすれば、定住することが責任となってきます。しかしそれがわかっていても、本音は別のところにあります。心の奥には漂泊の思いがいつもある。

「定住漂泊」。私は、これが人間の基本的な姿なのではないかと思っています。

定住しながらもこころはいつもただよっている

ある年の夏の終わり、私は妻と北海道を旅行しました。まだ日本銀行に勤めていて、定年を間近に控えたころでした。釧路《くしろ》で俳句の大会があり、それに出席した後、道東をめぐることにしたのです。

摩周湖《ましゅうこ》、屈斜路湖《くっしゃろこ》と湖をまわり、サロマ湖へ出ました。オホーツクの海を眺めながら海岸を歩き、帰路についたときにできたのが、次の句です。

海とどまりわれら流れてゆきしかな

戦争が終わり、トラック島から復員した私は、日本銀行で働きはじめました。組合活動をしたことで出世の道からははずれ、福島、神戸、長崎と、地方の支店で計十年ほど勤務した後、東京にもどってきたのです。どこに転勤になっても、そこに定住して仕事をし、銀行からもらう給料で家族を養い、子どもを育ててきました。そして、定年退職を迎えようという年代になっていました。

私の漂泊する心は俳句にむかいました。銀行に勤務しながら、私が真剣に取り組んできたのは俳句でした。銀行は辞めず、俳句に打ちこむ。誰に何を言われようと自分の本音で生きるのだと決め、矛盾に満ちた日々を送りながら、定年まで勤めてきたのです。若いころは、気負いがありました。孤独や不安も感じました。サラリーマン人生が終わり近くなって、ようやく「定住漂泊」という考えに行き着き、この言葉を見出しました。

抱えてきた矛盾は、特殊なことでもなんでもない。人間本来の姿なのだ、と思いあたったのです。あの気負いも、孤独も、不安も、それでよかったのだ、と定年近くになって思えるようになりました。

責任を負わなければ、放浪になってしまう

江戸時代の俳人である小林一茶は、漂泊の俳人と呼ばれています。一茶は世間にまみれて生き、そのなかで俳句を作りました。世間に定住しようとしたからこそ、漂泊があった、という言い方もできます。これに対し、大正、昭和を生きた俳人、種田山頭火を、私は放浪者と呼びます。世間に定住することを捨て、ひたすらさまよったからです。それが、一茶と山頭火の違いでした。

世間や社会、家族への責任を負わず、いわば、それを捨ててただこころの赴《おもむ》くままに生きようとすれば、それは放浪です。根なし草になってしまうと、人間らしい生活を築くことはむずかしい。定住と漂泊は矛盾していますが、かならずセットでなくてはなりません。

今の孤独や不安は、この矛盾から生まれるものです。でも、矛盾を抱えながら、本音を貫いて生きることでしか、それらをぬぐい去ることはできません。

海とどまりわれら流れてゆきしかな

堂々と反抗する。ひとりになることをこわがらない

自分のなかにひっかかることがあれば見過ごさない

若いときは、ある種の反抗心が、己を支えてくれます。人の言うことに素直に耳を傾けることも大事ですが、少しでも自分のなかにおかしいぞ、とひっかかることがあるなら、見過ごさないことです。

私が就職したのは、戦争のさなかでした。昭和十八年（一九四三）の九月、半年繰り上げで東京帝国大学を卒業し、日本銀行に入行しました。ただ、そこには三日間いただけで海軍の経理学校に入りなおし、翌年の三月、主計中尉としてトラック島に赴任しました。

そこは太平洋に浮かぶ赤道直下の島で、まさに激戦地でした。私が到着したときには、すでに大空襲を受け、抵抗する戦力を失った状態だったのですが、それからも米軍機による攻撃が連日のように続きました。日本からの補給が途絶えると、島は悲惨な状況になっていきました。空襲によって死ぬだけでなく、栄養失調になり餓死していく者も多かったのです。

敗戦後は捕虜となって島に残り、銀行に復職することになったのはその翌年でした。二十八歳のときです。

職場には暗い雰囲気が立ちこめていました。戦争に負け、新しい時代がはじまったというのに、組織は旧態依然としたまま。学閥がはびこり、卒業した大学で将来が決まってしまうという戦前からの悪習が、そのころになっても脈々と続いていました。

組合活動をはじめたのは、これではいかん、何とかしなければ、という思いからです。なり手のなかった事務局長も引き受け、かなり熱心に活動しました。

「そんなことをしていたら先がないぞ」と言う人もいましたが、私自身は「これをやらなきゃしょうがねえ」という思いでした。

おかしいと感じたとき、黙っていることができない性分なのです。もともとの性格もあるのでしょうが、決定づけたのはやはり戦争です。

トラック島を離れるとき、ここで死んでいった人たちに報いる生き方をしなければ、と誓いました。引き揚げ船に使われていた日本の駆逐艦の甲板で、小さくなっていく島を見ながら、そう腹を固めました。

水脈《みお》の果《はて》炎天の墓碑を置きて去る

そのとき作ったこの句が、反抗心の源《みなもと》になっています。

孤立をおそれてはならない

反抗して生きるためには、孤立を覚悟しなければならないこともあります。人の顔色をうかがってばかりいては、ことは前に進みません。やはり人間どこかで、自分はどうするのか、自分で決めなければならないのです。

当時、労働運動をやっている連中に「アカ」のレッテルを貼り、職場から追放してしまう、いわゆる「レッド・パージ」がありました。私もこれにひっかかり、福島の支店に飛ばされることになりました。三十一歳のときです。

銀行は、「地方に放り出して何年かすれば、金子も改心して尻尾を振ってくるだろう」と思っていたのでしょう。しかし、当時の私にはそんなつもりはまるでありませんでした。

おかしいものはおかしい。そんなものに屈してたまるか。銀行は生活のための金を得るところ。私は自分のやりたいこと、やらねばならないことを貫くのだ、と。

まだ若かったこともあり、私の考えは攻撃的でした。

そのころの東京と福島の距離感は、現在とはまったく違います。新幹線などなく、東北本線を蒸気機関車が走っていました。東京との往復には、よく夜行列車を使いました。

きよお！と喚《わめ》いてこの汽車はゆく新緑の夜中

福島に転勤になって間もないころの句です。夜行列車のなかで眼が冴えて眠れずにいる深夜、ひときわ高く汽笛が鳴りました。闇を切り裂いていくようなその汽笛に、自分の気持ちが高揚していくのを感じたのです。若さもあったのでしょう。堂々と反抗し、自分は俳句をやっていこうと心に決めていました。闇夜に響いた汽笛は、そんな自分を励ます自分の叫び声のようにも感じられました。

本音を知ってくれている人に感謝する

たったひとりの闘い、そんな気負った毎日でも、どこかに味方がいるものです。福島の支店には、尊敬できる支店長がいました。私のことを親身になって考えてくれる人で、転勤したばかりのころ、「君はまだ若いのだから、組合のことなど忘れて、銀行の仕事だけ一生懸命やりなさい」と言われました。そう言ってくれる気持ちはよくわかりましたが、私は俳句をやると決めていました。

出世することはできなくても、銀行にいれば、食いっぱぐれることはありません。だったら、下げたくもない頭は下げず、給料分だけ仕事をして、残りの時間は俳句に没頭しようと思っていたのです。支店長は、そんな私を黙って見守ってくれました。

誰にも理解されなくていい、孤立したってかまわない。そう覚悟を決めて行動していました。しかし、それでも黙って支えてくれた支店長。この人の存在は大きかった。今から考えてみると、幸福なことでした。

どこかに、私の本音を知っていてくれる人がいる。それだけで生きていく上での大きな強みになります。あなたのまわりにも、きっとひとり、ふたり、そういう人がいるはずです。その人に、こころのなかでじっと感謝することです。

きよお！と喚いてこの汽車はゆく新緑の夜中

誰も応援してくれないなら、自分で自分を鼓舞すればいい

下り坂を歩くと新しい考えが浮かぶ

人生で何か悩むことがあったり、決断しなければならないことがあったりしたら、山に行き、ひとりで山道を下ってみるといいかもしれません。山を下っているときというのは、ものを考えるのに適しているようです。

とくに快適な速度で、トットコトットコ下ってくると、いろいろな考えが出てきます。登るときには出てこないような考えが、ふと出てくることがあるのです。

暗闇の下山くちびるをぶ厚くし

理想的会社人間になれなかった私は、地方を転々としました。最初に福島、次は神戸。その神戸行きが決まったのが三十四歳のときでした。

福島の友人たち五、六人が、安達太良《あだたら》山の中腹にある料理屋で送別会をやってくれました。会が終わり、軽く酔った私は、たったひとりで夜道を下山しました。

この句は、そのときに、自ら湧くようにして生まれてきた句です。

暗い山道を、足もとに目をこらしながら下っていったのです。トットコトットコ歩いているうちに、次第に体がばねがついたようにはずみ、暑くなって汗がにじんできました。そして、少し突き出すようにしていたくちびるが、ぶ厚く膨れてきたように感じられたのです。

高揚感。「妥協するもんか、やってやるぞ!」と鼓舞する気持ちです。

転勤していく神戸支店に、職場としての期待はありませんでした。神戸への転勤はまだまだ東京には帰さんぞ、という銀行側の意思表示です。高揚感はそこへの対抗心といってもいいかもしれません。

こころが負けそうになったら、声に出して言ってみる

組合など辞め、頭さえ下げれば、中央にもどれたでしょう。それでよろこぶ人は大勢いました。出世もでき、給料も上がり、女房もまわりも、何不自由なく生きていけるのです。わかっちゃいるけど、そんなつもりは毛頭ありませんでした。加えて人生を賭けてやるのは俳句だと決めていました。銀行では給料分だけ仕事をし、あとは俳句をやる。私には、あのとき自分を鼓舞する必要があったのです。

この世は平坦ではありません。生きていればいろいろな状況に置かれることがあります。自分の考えを押し通したいけれど、そうしていいものか迷うこともあるでしょう。押し通すのか、妥協するのか、それはどちらでもかまいません。最終的に妥協せずに押し通すのであれば、自分で自分を鼓舞することも必要に

なります。味方についてくれる人もなく、孤独のなかで自分を鼓舞しなければならないことがあります。こころが負けそうになったら、真っ暗な道をトットコ下りながら、声に出して言ってみてください。自分自身に「やってやるぞ！」と。

暗闇の下山くちびるをぶ厚くし

希望を持ち続けていれば、きっかけに気づく

人生の暗い時代、希望の火種を捨てずに生きる

誰の人生にも、暗い時代は訪れるものです。意気ごんで、突き進んでも空まわりに終わることや失敗が続くことはよくあることです。若く、負けん気が強いほど落ちこみも深くなります。

じたばたしてもしかたありません。そういう時期だと腹をくくって、耐えるしかないのです。大事なのは投げやりにならないこと。投げやりになって、それまで真剣に取り組んでいたことを粗末にしてしまっては、再生のチャンスを失います。それがうまく運んでいなかったとしても、希望を捨てずに続けることです。

膠着《こうちゃく》状態で希望を持つのは確かにむずかしい。希望は、さあ持ってやるぞと意気ごんで持てるものではありません。それでも希望の火種を捨てないでおけば、いくらでも再生のチャンスはやってくるものです。

あきらめてはいけない。希望はある

日本銀行の福島支店に勤務していた二年半は、私にとってけっして明るい時代ではありませんでした。いつ東京にもどれるのかはもちろん、はたして東京にもどる日が来るのかどうかさえ、わかりませんでした。俳句をやろうと決めてはいました。ただ、最初の句集が出るのは、まだ何年も先のことです。将来に明るい希望は見えていませんでした。

暗黒や関東平野に火事一つ

福島から何かの用事があって東京にむかう夜のことでした。乗っていたのは、東北本線の急行列車。白河《しらかわ》駅を出ると、どこまでも続く関東平野に入ります。窓の外を見ていると、火事が一つ、妙に赤く小さく見えてきたのです。

暗い車窓にその火事を見つけたとき、まっ先に感じたのは「一揆《いっき》が起きたようだ……」ということでした。蜂起《ほうき》した農民たちが、村の一か所に火を放った。そのうち、別の場所でも火の手が上がる。それが、別の村にも広がっていく……そんなイメージが、私のなかにどんどん湧き上がってきたのです。

日本が高度経済成長に突き進んで行く時代でした。農村の縮小、解体がはじまっていて、日本の農村は、暗黒の時代を迎えようとしていたともいえます。私が夜の車窓に見えた火事から、一揆を連想したのには、こうした時代背景も関係していたのかもしれません。

それと同時に、この暗黒は、私の内にある将来への不安でもあったのでしょう。その暗黒にぽつりと小さく火事が見えた瞬間、それを一揆の火と見ることで、自分の気持ちが昂《たかぶ》ってくるのを感じました。

あきらめてはいけない。希望はある。きっと何とかなる……。

感性が自分自身を励ますことがある

将来を見通せずにいるそのときの自分にとっては、広々とした関東平野の小さな火事が、希望の火のように思えたのです。今は孤独な戦いだが、仲間たちが次々と蜂起し、ぽつりぽつりと火の手が上がってくるに違いない。そんなことを考えながら、しだいに遠くなっていく火事を眺めていました。

広い関東平野の暗い夜に、ぽつりと見える一つの火事。自分の将来に暗黒を感じていた私は、その赤い火に勇気づけられました。そこに見えた火は、ただの火事です。しかし私のなかに残されていた希望の火種が、私にあの火事をそう見せたのでしょう。

あるとき偶然に目に飛びこんできたできごとに、ハッとさせられることがあります。同じものを見ても、何も感じない人もいます。それは人それぞれの感性の違いです。感性が、ときに自分自身を励まし、打開の一歩のきっかけをくれることがあるのです。

あなたがいつかどこかで行き詰まった気持ちになったとき、こころのどこかに希望があれば、目の前の風景があなたに何かを知らせてくれることだってあるかもしれません。あなた自身の感性を磨いておくことです。

後年、この句について作家の井上ひさしさんと話をしたとき、「火事一つ」ではなく、「ぼや一つ」のほうが面白いのでは、と言っていました。井上さんらしい捻《ひね》り方だなと感心したものです。

ユーモアというものは、余裕を生み、現状を打破するきっかけにもなります。「ぼや一つ」は井上さんの鋭い感性のあらわれでしょう。

暗黒や関東平野に火事一つ

決断のチャンスがやってきたら逃さずに腹を決める

密かに、決断の時機は訪れるもの

決断は他人と共有するものではありません。たったひとりでおこなうものです。準備され、整った状況で、合図とともに決断をおこなうことはあまりないはずです。多くは密《ひそ》かに、突然、決断を下すというより、決断すべき時機が訪れるといったほうがいいでしょう。

ですから、今、決めかねていることについて、さあ明日決断を下すぞ、と決めてもむずかしいものです。時機がむこうからやって来るのを待つという態度のほうが、決断にはふさわしいのかもしれません。

私にとっては、俳句で生きていこうと踏ん切りをつけたときが、大きな決断の瞬間でした。

踏ん切り、というのも、俳句は旧制高校のころにはじめていましたし、その後もずっと作り続けていたからです。銀行員になってからも、俳句に力を注ぎたいと思っていました。ただ、本当にそれでよいのかと、迷うこころがあったのも事実なのです。

人生冴えて幼稚園より深夜の曲

夜遅くでした。幼稚園の横の道を歩いていると、ピアノの曲が聞こえてきたのです。深夜の幼稚園からピアノの音……。不思議ですが、きっと幼稚園の先生がひいていたのでしょう。

その曲が聞こえてくる道をずっと歩いて行きながら、「俳句に専念するのかどうか、自分で決断しなくてはいかん。ああ今、ここが正念場だ」と思ったのです。人生冴えて、今だ、とひらめいた。まさに私が人生の決断をしたときの句です。

決断してしまえば、あとはそこにむかうだけ

決断を下すのにはタイミングが大事です。私にとっては、幼稚園からピアノ曲が聞こえていたあの夜でした。

こころを決めるのには勇気がいるし、本当にこれでいいのだろうかと迷いも生じます。それで、ついあとまわしにしてしまいがちですが、「今こそ決めなければ」というときが来たら、タイミングを逃してはいけません。誰にだって、かならずそういうときがやって来ます。

決断してしまうと、いろいろ思い悩んでいたことがスーッと消えていき、考えがすっきりまとまったような気になります。決断してしまえば、あとはそこにむかって突き進んでいくだけです。悩んだり、迷ったりしていたのが嘘のように、自分の人生が冴え冴えとしていくものです。

私のこの決断は、神戸にやって来たころ。歳は三十代の半ばのことでした。俳句への専念を決心したことで、精力的に俳句に取り組んでいきました。第一句集の『少年』を刊行したのは、神戸に転勤して二年目のことでした。その翌年には、現代俳句協会賞をいただいています。

あのときに決断したからこそ、その後の俳句人生があったのだと思います。あとになってわかることです。時機を逃さなければ、結果につながります。そしてあとから思うのです。あの決断が今につながっているんだ、と。

人生冴えて幼稚園より深夜の曲

いったん死んだ気になれば、やりなおせる

これまでの自分はもう死んだ、と考える

長い人生を送っていれば、何回かは、人生の曲がり角を通らなければならないときがやって来ます。それまでの人生と異なる道を歩きはじめるのは、簡単ではありません。これまでと同じことをやっていたほうが楽だ、ということが多いはずです。今のままでもいいか、と考えたくもなります。

朝はじまる海へ突込む鷗《かもめ》の死

私が、本格的に「給料泥棒」になると決めたときの句です。日本銀行の神戸支店に勤めている時代に、私はこのことを決めました。銀行は辞めないが、俳句を一生の仕事として打ちこむ。その状態を自ら「給料泥棒」と呼んでいました。

鷗は、私自身です。

これまでの自分と決別し、新しい道を生きよう。そう思ったら、これまでの自分はもう死んだのだ、と考えるのです。いっぺん死んだと思えば、新たな一歩を踏み出しやすくなります。曲がり角を抜けて、前に進みやすくなります。

鷗の姿が、撃墜された零戦と重なる

神戸港の埠頭で、鷗が魚を捕るために海へ飛び込んでいくのが見えました。私のなかで、その鷗たちの姿が、撃墜された零戦《ゼロ》が海に突っ込んでいく光景と重なったのです。

私が軍隊に入ったのは昭和十八年（一九四三）でした。秋に東京帝国大学の経済学部を繰り上げで卒業し、海軍に入隊。軍の経理学校で訓練を受け、翌十九年（一九四四）に、主計中尉としてトラック島に赴任しました。

戦地に行くなら第一線がいいと、自ら望んでの南方行きでした。当時、私はまだ二十四歳でした。いのちが大切だということも、戦地における殺戮《さつりく》がどのようなものかも、本当の意味ではわかっていなかったのです。

トラック島に赴任してから、翌年の敗戦までの一年半ほどの間に、ひどい体験をしました。トラック島は連合艦隊の基地で、日本海軍の一大拠点でしたが、私が行く前に大規模な攻撃を受け、壊滅的な状況でした。その後も米軍の攻撃は執拗に続きました。零戦が撃墜され、黒い煙を引いて海に落ちていくのを見たのもそのころです。

敗色が濃くなると、補給が途絶え食糧が不足しました。島では芋作りもしていましたが、それでも足りず、兵隊たちは栄養失調で死んでいきます。そうやって人数が減っていくと、残った者たちは食っていけるのです。深刻な食糧不足による飢餓状態は、人の体だけでなく、こころも荒廃させます。食べ物をめぐるけんかも起きましたし、食べ物を盗んだことでひどい制裁を受ける者もいました。そういった悲惨な状況で、敗戦を迎えたのです。敗戦後は捕虜としてトラック島に残り、翌年になって復員しました。

今がそのときだと思い、動けば、人生はやりなおせる

神戸の埠頭で海に突っ込んでいく鷗を見ながら、私の記憶によみがえってきたのは、トラック島で見た海に落ちていく零戦の姿でした。海に突っ込むのは、鷗にとっては餌を求め、生きるための営みですが、零戦の搭乗者にとっては死を意味します。

埠頭を歩きながら、これまでの自分は今、海に突っ込んで死んだのだ、と考えていました。いったん死んだつもりになって、これからの新しい人生を歩んでい

こう、と。

今がそのときだと思い、動けば、人生はいくらでもやりなおすことができます。鷗を目にして、私はトラック島で死んでいった仲間たちのことを思い、生き残った以上、しっかり生きなければと思ったのです。

私の決断の奥底には、いつもあの死んでいった仲間たちの姿があります。彼らへの忸怩《じくじ》たる思いが、私の決断を明確にするのです。

朝はじまる海へ突込む鷗の死

自分の仕事をからかえるくらいのほうがいい

物事に真剣に取り組みすぎるとうまくいかない

仕事に対して真剣であることは、もちろん悪いことではありません。ただし、真剣であるあまり、こころの余裕がなくなってしまうのは、どんなものでしょうか。たとえば、「この仕事は本当に自分に合っているのだろうか」とか、「自分の一生を賭けるのにふさわしい仕事だろうか」などと考えはじめ、「自分には自分がやるべき別の仕事があるはずだ」などと思い詰めたりします。こんなことを考えるのは、こころの余裕を失っているからなのです。

自分の仕事については、それをからかえるくらいがちょうどいい、と私は考えています。人生は長いので、仕事を続けていこうと思ったら、肩に力を入れたままではだめなのです。

私は日本銀行に定年まで勤めましたが、三十代の半ばに次のような俳句を作っています。神戸支店に勤務していたころの句です。

銀行員等《ら》朝より螢光《けいこう》す烏賊《いか》のごとく

支店の朝の光景を句にしたものです。

当時、銀行の机には蛍光灯のスタンドが置いてありました。出勤した行員は、自分の席につくと、スイッチを入れてから仕事をはじめます。薄暗い室内に、一つ、また一つと蛍光灯が灯《とも》っていく。それが、まるで銀行員ひとりひとりが、頭のところで蛍光を発しているように見えたのです。

実は、この句を作った前日、家族で尾道《おのみち》の水族館に行き、ホタルイカを見ていました。ホタルイカがたくさん入っていて、あちこちで青白い光を放っている水族館の薄暗い水槽が、銀行の朝の光景にそっくりだったのです。

からかうくらいの余裕があると仕事は長続きする

この句に関して、銀行員に対する皮肉や批評がこめられている、と受け取る人が多かったようです。それで人気がありました。また、社会性俳句の見本であるとも言われました。

当時の私は、からかいの気持ちを持って銀行勤めを続けていました。蛍光灯のスタンドを灯して仕事をする銀行員を見て、ホタルイカに似ているなあ、と思えるくらいの心の余裕がありました。それが、銀行という社会に対する私の態度だったわけです。

私は三十代の半ばを過ぎ、自分の仕事をからかえるくらいのこころの余裕が生まれていたのでしょう。また、俳句に専念することを決意していましたから、銀行の仕事については、距離を置いて眺めるゆとりがありました。だからこそ、朝早くから仕事をしている職場の同僚たちを見て、ホタルイカのようだと思えたのだと思います。

自分の仕事に対して、それをからかうくらいのこころの余裕があると、仕事は長続きします。今の仕事を長く続けようと思うなら、肩の力を抜いて、自分の職場を眺めてみるといいでしょう。私には銀行員がホタルイカに見えましたが、あなたの同僚や上司は、いったい何に見えるでしょうか。

銀行員等朝より螢光す烏賊のごとく

他を求めず、孤独をかみしめてたんたんと

迷いは人の意見で消えるものではない

自分がやろうとすることを、みんなが賛成し、みんなが応援してくれるとは限りません。いや、賛成も得られず、応援もしてもらえないことのほうがずっと多いのです。それでも、自分の考えを押し通さなければならないことはあります。

そんなときには、理解者を求めてあたふたするのではなく、信念に基づいてたんたんとやり続けることが大切なのです。

あの人はどう思うだろう、この人の意見は、とまわりの発言を集めてみたところで、やるのは自分です。応援がほしいと思うのは、何かしら迷いがあるからな

のでしょう。迷いは、他人によって打ち消されるものではありません。自分が実践するなかでしか、消せないのです。

私にとって俳句がそうでした。銀行勤めを続けながら、給料泥棒と割り切り、俳句に打ちこむ。自分ではそう決めていましたが、そんなことに賛成したり、応援したりしてくれる人はいなかったのです。

当時は、妻だって味方ではありませんでした。無理もありません。銀行員のところに嫁いできたはずなのに、その男は銀行の仕事や出世などにはとんと関心がなく、俳句ばかりやっているのですから。日本銀行の福島支店、神戸支店、長崎支店を転々としていました。四十代に入り、ようやく東京の本店勤務となりました。このころの妻は、ことあるごとに実家に行っていました。私の仕事に対するもやもやした思いを、ときどき吐き出す必要があったのかもしれません。

俳句の世界でも、いろいろな問題が生じていました。戦後の俳壇は、現代俳句協会ができ、戦後の現実を主題にしながら、社会と人間との関わりを軸に俳句を作ることを推し進めてきました。ところが、現代俳句協会が分裂し、新たに俳人協会が登場します。俳句には季語がなければならず、五七五の定型でなければならない、という、大正時代の保守的な俳句論にもどってしまったのです。

私は「海程《かいてい》」という同人誌を出すことを決めました。社会と人間の関わりから生まれる俳句を作り続けるために。主張に迷いはありませんでしたが、雑誌を出していくことについては、自分には荷が重いのではないか、との思いもありました。

孤独を他で埋めようとせず、たんたんとやる

果樹園がシャツ一枚の俺の孤島

杉並区の今川町《いまがわちょう》、昔は沓掛《くつかけ》という地名でしたが、そこに銀行の宿舎がありまし

た。当時はあちこちで、梨を作っていました。夏のはじめ、散歩に出たとき、シャツ一枚になって梨の木の下でもくもくと働いている男の姿を見ました。木に葉は茂っていますが、まだ実はなっていませんでした。

この男も、孤独かもしれない。そう思ったのです。

自分以外に誰もいないこの果樹園という孤島で、もくもくと働き続けるひとりの男。きっといつか、実りの日が来るだろう。

孤独を他で埋めようとしても、何にもなりません。賛同してくれる人や、応援してくれる人を探し求めるのではなく、実りの日まで、孤独をかみしめながらひとりでもくもくと働く。たんたんとやることです。結果を出すには、それしかありません。

果樹園がシャツ一枚の俺の孤島

確信したら、急がずにじっとチャンスを待つ

成果は急がずにじっと待つ

人生には、待たなければならないときがあります。これでいいと確信し、こつこつ努力し続けても、すぐに人の目にとまるとは限りません。なかなか具体的な結果に結びつかないこともあります。

そういうときは急いではいけません。じっと待つのです。

わが湖《うみ》あり日《ひ》蔭《かげ》真っ暗な虎があり

長崎支店から東京本店に移ったころでした。どこの山に登ったときだったでしょうか、目の前に広がる湖。季節は初夏で、湖は鬱蒼《うつそう》とした木々に囲まれていました。

湖は期待の広がり。その岸の暗い日蔭に、じっと湖を見つめている一頭の虎がいるように思えた。虎は私自身です。

あの当時、私は自分のやっている俳句に確信を持っていました。俳壇では有季定型の是非をめぐって論争が起きていましたが、私は、俳句とは人間と社会の関わりから生まれる、もっと自由なものだと確信していました。

まだ何の成果も得られていないころです。ただ、このまま続けていけば、きっと日の目を見るはずだ、今は時機が来るのをじっと待ちながら、力を蓄えていればいい——そう考えていたのです。

チャンスが来たらいつでも飛び出せるように準備する

期待を抱きながら、じっと待つ。動いてはいけません。暗い日蔭に潜んだ虎のように、じっとしているのです。

じっとしているからといって、だらけているのではありません。体に力をみなぎらせ、いつでも飛び出せるようにしておく。いざチャンスが到来したら、一気《いっき》呵成《かせい》に突き進めるように、たんたんと準備を進めておくことが大切なのです。

当時の私にとっては、いい句ができることや、いい句集を出すこと、またそれによって世評を得ることが、待ち望んでいた期待でした。

私は俳句を作るだけでなく、文章を書いて本も出してきましたが、この句を作ったころに『今日の俳句』という本を出版しています。それまでの俳句の概念をくつがえし、これが今日の俳句であると、具体例を紹介しながら解説した本です。俳句をやる人たちの間で話題になりました。出版社が力を入れて宣伝してくれたおかげもあって、ずいぶん売れました。

評価への実感も生まれ、じっと待つときを過ぎ、いよいよ飛び出すタイミングがやってきた。

自らの高揚感をどこかで客観視し、落ちつかせながら、次の一歩を踏み出す準備をする。何かやり遂げたいことがあるなら、虎をまねることです。

わが湖あり日蔭真っ暗な虎があり

いたずらに後悔しない、運命を嘆かない

できごとに幸不幸はない。しかし運不運はある

ふだんから後悔はあまりしません。だいたい、「あのときああしておけば、しあわせだったのに」――とは思わないのです。

たとえば努力して、その結果、本が売れたり、名誉ある賞をいただいたりします。それはとてもうれしいことではありますが、幸不幸で論じることではありません。

だいたい、私のなかに、幸不幸という考えがないのです。起こったことは、すべて客観的な現実です。ただ起こるだけ。そこに幸も不幸もありません。しあわ

せは、ふしあわせと背中合わせで存在する便宜的な概念です。そんなことを悩んだり、後悔したりしても、しかたがないでしょう。

ただ、起こった現実に幸不幸はなくても、運不運はあります。運不運は運命です。運命とは、自分の努力ではどうにもならないこと。生まれたときから持っている大いなる力です。何か大いなるものが、ひとりひとりにそれを授けてくれているのだと思っています。

運命は運命です。そういうものだと思って受け止める。嘆く必要はありません。甘んじてもいけません。それはただ起こり、私はそれに立ちむかえばいいのです。

涙なし蝶かんかんと触れ合いて

定年近くなってできた句です。

ある年の夏、強い日差しのなかを蝶が飛んでいました。ギラッとした夏の日の、厳しく甘えの入りこむ余地のない状況で、私には、蝶の翅《はね》が触れ合う音がはっきりと聞こえたように感じたのです。

ずっと産土に支えられて生きてきた

こういう感覚を、私は「生き物感覚」と呼んでいます。土の上で暮らさなければ出てこなかったものです。

土の上、というのは、四十代の後半になって、私はそれまでの宿舎から、現在暮らしている埼玉県熊谷《くまがや》市に転居したためです。

妻から「あなたは土の上にいないとだめになる」と言われたのがきっかけです。土の上で暮らすことがどんなに重要かを、妻は見抜いていたのでしょう。

第一章で述べたように、私の産土は秩父《ちちぶ》です。皆野《みなの》町《まち》という山間の町で育ちました。父は田舎町の開業医で、俳人でした。この父親の影響で、生まれたときからずっと俳句は身近にありました。毎晩のように句会が開かれ、秩父の山で働く男たちが酒を酌み交わしながら、俳句に興じていました。そのようななかで、幼少期、私は育ったのです。

引越し先に熊谷を選んだのは、秩父が近いからでした。武蔵野の北のほうに位置しているため、晴れた日には秩父の山々が間近に望めます。秩父から地続きであることを実感できる土地なのです。

ここに越してきてから私は変わりました。転機といってもいいでしょう。サラリーマン生活を送りながら、孤立無援、俳句に奮闘してきたつもりでしたが、実はずっと産土に支えられてきたのだということに、そのころになってようやく気づくことができました。

生まれた土地を思うと底から自信が湧いてくる

産土について深く考えるようになってからは、なおさら自分のこれまでの人生について、いたずらに後悔するのはやめよう、運命を嘆いたりするのはやめよう、と思うようになったのです。

私という人間は、産土によって生み出され、生かされてきた。樹木や、動物や、虫など、そこに生きているものたちと同じように、私も土から生まれ、それに支えられて生きてきたのです。

私だけではありません、あなただって、誰だって人間はみんな同じです。

産土を思えば、底のほうからじんわりと自信が湧いてきます。「このままでいいのだ、このままやっていくぞ」という思いが強く深まっていきます。

涙なし蝶かんかんと触れ合いて

第四章

いのちは死なない

人間はいいもの。殺すことにも殺されることにも甘んじない

死者への思いが戦後の生き方の基本になった

昭和二十年（一九四五）八月十五日に戦争が終わってから、一年三か月間、米軍の捕虜としてトラック島に残っていました。当時、私は二十代の半ばです。女房持ちや年寄りは先に帰して、若い者が残ったのです。私が乗りこんだのはトラック島からの最後の引き揚げ船でした。

私がトラック島に赴任したとき、この基地の戦力はすでに大方失われていまし

た。以後、補給路が断たれ、物資が届かなくなりました。もちろん米軍の攻撃も受けましたが、それよりも深刻だったのは食糧不足です。島で芋の栽培などをはじめていましたが、次々と餓死者が出る状況でした。朝目覚めると、隣で寝ていた人が起きてこない。そんなことが日常になっていたのです。

トラック島では、日本の軍人と軍属が八〇〇〇人ほど死亡しています。その死者たちの鎮魂のために、生き残った者たちが墓碑を建てました。

私が乗った引き揚げ船は、駆逐艦を改造した船でした。速力があり、赤道直下の珊瑚礁の海に長い航跡が残りました。

水脈《みお》の果《はて》炎天の墓碑を置きて去る

トラック島を離れるときに詠んだのがこの句です。

戦争では大量殺戮がおこなわれます。その犠牲となり、この島に骨を埋《うず》めることになったたくさんの人たちがいるということに、憤りを感じていました。この句を作った時点が、私の戦後の生活の出発点であり、このときに抱いていた気持ちが、私の戦後の生き方の基本となっています。

死に触れながら「人間っていいものだ」と感じた

戦争なんてろくなことではないと私が考えるのは、戦争が人のいのちを平気で奪うからです。本当にあっけなくいのちが失われていきました。

トラック島では、食糧だけでなく武器も不足していたため、武器も自給する必要に迫られていました。

そこで、手榴弾《しゅりゅうだん》を作ることになり、私が所属する第四海軍施設部が、試作した手榴弾の実験を任されることになったのです。危険な仕事ですが、志願者を募ると手を挙げる人がいたので、やってもらうことにしました。ただ、第四海軍施設部は土建部隊なので戦闘体験がありません。そこで、落下傘《らっかさん》部隊の士官にも立ち会ってもらうことになりました。

試作した手榴弾を、傍らの鉄塊に打ちつけて衝撃を与えてから、海にむかってポーンと投げる。そこで爆発すれば、実験は成功です。ところがあるとき、鉄塊に打ちつけたとたん爆発してしまったのです。彼の体が一瞬宙に浮き、それから砂浜に落ちました。腕が吹き飛ばされ、もちろん即死の状態です。海のほうに飛ばされた士官も、あとで死亡しました。

そのとき、第四海軍施設部の、体の大きなひとりが、すでに息を引き取っている仲間の体を背負い、海軍病院にむかって走り出したのです。病院といっても、椰子の葉で葺《ふ》いた小屋で、そこまで二キロほどの距離があります。その男のまわりをみんなが囲み、私たちもいっしょに走りました。「ワッショイ、ワッショイ」と大声を出して。腕を吹き飛ばされ、背中に大きな傷を負った彼はすでに死亡していたのに、走って病院にむかいました。

あのとき、みんながなぜ走ったのかはわかりません。起きてしまったことはあまりにも悲惨でした。ただ、そのとき私は、人間っていいものだ、とも感じていたのです。そんな人間のいのちを奪っていく戦争に、憎しみ以外の感情を抱くことができませんでした。

非業の死に報いるために

私のいた第四海軍施設部は、土木工事をするための部隊なので、ほとんどが軍人ではなく、民間人の軍属で構成されています。職業軍人ではありませんから、国に殉ずるという志などないまま、トラック島に来てしまった人たちです。その人たちのいのちが、戦争によってどんどん奪われていきました。お国のためにいのちを捨てる覚悟だったのならともかく、そんな覚悟などないまま死んでいくのが、何とも憐《あわ》れでした。

私は主計中尉としてトラック島に配属されました。本来なら、お金の計算や食糧の調達などをおこなうのが仕事です。しかし、お金はなく、食糧の補給も断たれていましたから、できることは芋の栽培を指揮することくらいでした。しかし、それもなかなかうまくいかず、結局は大勢が餓死していきました。

こうした非業《ひごう》の死を遂げた人たちに、どう報いていくのか。それが、戦後を生きる上での基本となりました。島の土に埋められた多くの死者に報いるためにも、いい世の中にしていかなければならない。戦争をしない国にしていかなければならない。そういう思いが、自分の生き方を決めてきたのです。

戦争では大量殺戮がおこなわれます。平気で人のいのちを奪うのです。私は殺したくないし、殺されたくもありません。いのちを大切に思うからこそ、いのちを奪う戦争を許せないのです。

水脈の果炎天の墓碑を置きて去る

いのちについて考えることは、生きる意味を考えること

生き延びたからこそ迎えられた私の戦後

激戦地だったトラック島で終戦を迎え、そこで米軍の捕虜として航空基地建設に従事したのち、昭和二十一年（一九四六）の十一月下旬に帰国することになりました。それがトラック島からの最後の引き揚げ船だったのです。島でいのちを落とした者たちを残し、生き延びた者たちは戦後の日本に帰ってきました。

私は日本銀行に復職し、間もなく結婚しました。こうして新しい時代の生活がはじまったのです。

独楽《こま》廻る青葉の地上妻は産《う》みに

身ごもった妻が、出産のために郷里の秩父へ行く。それを見送ったときのことを詠んだ句です。復職、結婚、子どもの誕生……。生き延びたからこそ迎えた私の戦後は、こうしてはじまっていったのです。ただ、頭の片隅には常に、死んでいった人たちのことがありました。

晩夏の墓地吾子《あこ》歩み入る尻かがやく

わが子を詠んだ句です。まだ小さかったわが子が、墓地に入って行く。その墓地には多くの戦没者が眠っている、そんな感慨を私は抱きました。戦争でいのちを落とした人たちがいて、生き延びた人たちがいる。そして、戦争が終わり、生まれてきた無邪気な子どもがいるのです。

あの戦争を体験した私にとって、死は身近なものでした。激しい攻撃を受けたのはもちろん、補給が断たれたトラック島では、食糧不足が深刻化し、餓死する者も大勢いました。

だからこそ生きていかなくてはならん

生き延びた人間は、死んでいった人たちのことを思い、なぜこの人たちのためになれなかったのかと考えます。私のなかにも、自分を責める気持ちや、申し訳ないと思う気持ちがありました。

現実は冷酷です。死んだ者は土の下に眠り、生き延びた者は光あふれる青葉の地上で新しい時代を生き、次の世代が生まれてくる。いのちの明暗が、ここにはありました。

その明暗によって、自分を責める気持ちが膨らんでくるのですが、同時に、私にとってはそれが生きるエネルギーになっていました。前にあげたような句を作り、自虐的な気持ちになりながらも、「だからこそ生きていかなくてはならん」という気持ちになれたのです。

もっとも、死が身近にあったというのは、戦争を経験した私の年代の特殊事情でしょう。朝目覚めると隣の人が冷たくなっていた、などという経験は、誰もが持っているわけではありません。

しかし、誰だって身近な人の死を経験することはあります。そういったことを契機として、生きることと死ぬことについて、考えてみるといいでしょう。死について考えること、いのちについて考えることは、生きる意味を考えることにつながります。

独楽廻る青葉の地上妻は産みに

晩夏の墓地吾子歩み入る尻かがやく

次の世代のことを考えられない人間は、大したものじゃない

転勤先の長崎で原爆の爪痕を見てまわった

日本銀行に勤めていたころ、二年間ほど長崎支店へ転勤したことがあります。赴任したときには、原爆が投下されてからすでに十三年経っていましたが、それでも爆心地の山里地区一帯は黒焦げの状態で、被爆した天主堂も崩壊したままでした。

長崎への転勤が決まったときから、原爆で町がどうなったのかを、しっかり見極めてやろうと思っていました。それで、あちこちを歩いてまわったのです。こうしていくつかの俳句が生まれました。

彎曲《わんきょく》し火傷《かしょう》し爆心地のマラソン

黒焦げとなった大地で、人々はたくましく暮らしはじめていましたが、多くのいのちが失われた現実は、あまりにも痛ましいものでした。町を歩きながら、私にはある映像が浮かんできました。

遠くからマラソンの集団が走ってきます。たんたんと走ってきた彼らは、爆心地に入ったとたん、体がぐにゃりと曲がり、焼けただれ、崩れ落ちてしまうのです。心に浮かんだ映像を、そのまま俳句にしました。

この句を作ったころから、さかんに前衛と言われるようになりましたが、私には前衛的な俳句を作ろうなどという考えはありませんでした。心に浮かんできた映像が、まさにこのようなものだったのです。

「私は戦争を好まない」と言えるようでないといけない

トラック島で人々のいのちが奪われるのを目《ま》のあたりにし、転勤先の長崎で、原爆による大量殺戮の傷痕を見てまわりました。こんな経験をすれば、むごたらしい戦争は許せない、原爆による大量殺戮は許せない、と考えるのは当然でしょう。私は戦争には断固として反対しています。

長崎に行く以前に、こんな句も作りました。

原爆許すまじ蟹《かに》かつかつと瓦礫《がれき》歩む

戦争に反対であると主張することには、それなりの決意と覚悟が必要かもしれません。しかし、「私は戦争を好まない」というくらいのことは、きちんと言えるようでないといけないと思います。

それは、これからの時代、次の世代のことを考えられるかどうか、という問題だからです。これからの時代のために、と考えられない人間は、大したものにはなれません。私はそう思っています。

これからの時代を考えれば、「平気で人のいのちを奪うような戦争は認めない」「少なくとも私は戦争を好きではない」という心のあり方がとても大切です。それが身心ともに健康だということだろうと思います。

彎曲し火傷し爆心地のマラソン

原爆許すまじ蟹かつかつと瓦礫歩む

死には逆らわず、腹を立てず、受けて立つ

自分のいのちのむなしさ頼りなさを感じるとき

身近な人の死をどう受けとめるかは、生きている者の課題かもしれません。

妻のみな子が他界したのは平成十八年（二〇〇六）のことです。十年ほどがんを患い亡くなりました。それからしばらくの間は、ひょっとしたときに、彼女らしい言葉づかいや、彼女らしいちょっとしたしぐさが思い出され、そのたびにつらい思いをしたものです。

そんなころに作った俳句があります。

合歓《ねむ》の花君と別れてうろつくよ

君というのは、もちろん妻のことです。君といういのちと別れてしまった自分のいのちは、何ともむなしく、何とも頼りない。そんな思いをこめた句でした。「君と別れてうろつくよ」というのは、そのころの私の状態を、そのまま映し出しているように思えます。いのちがふらつき、おぼつかない日々を送っていました。人間が存在者であることの証明だとも言えそうです。

しかし、妻が亡くなったことを、嘆き悲しんでいたのかといえば、決してそうではありません。私にとって、死とはかならずしも暗いものではないし、悲しいことでもなかったからです。妻が死ぬという現実を受け入れず、それに逆らおうという気持ちなどはありませんでした。

現実に対して受けて立つ

がんになった妻は、長い闘病生活の末に、亡くなりました。私は妻ががんになったという現実を受け入れ、あるときからはもう治らないという現実を受け入れ、最後に亡くなったという現実を受け入れました。

人間は生き物ですから、いつかかならず死が訪れます。そんなことは誰でもわかっているのですが、それでも大事な人を失うとなると、冷静でいられないことがあります。なぜ死ぬのがよりによって妻なのだと、腹を立てたくなることもあります。それも無理はないとは思います。

しかし、病気の妻と過ごす時間のなかで、私は現実に対して「受けて立つ」という感覚を持てるようになっていきました。現実に起きていることをきちんと受けとめ、堂々と対応していこうと考えたのです。どっしりとかまえ、受けて立つ。それができるようになってからは、不思議と神経が尖《とが》らず、すべてのことをあるがままに受け入れられるようになっていったのです。

妻が亡くなって何年も経った今でも、私は妻のいのちを身近に感じることができます。妻は死にましたが、彼女のいのちはあの世で生きていると信じているからです。そんな私にとって、死はこわいことではありませんし、つらいことでもありません。生き物としての私はいつか死ぬでしょう。しかし、私のいのちはいつまでも死なず、他の世で生きていくことになります。

合歓の花君と別れてうろつくよ

自然な死であれば、死は暗く悲しいものではない

肉体は滅びてもいのちは滅びない

こころ優しき者生かしめよ菜の花盛り

この句を作ったとき、「こころ優しき者」は妻を念頭に置いていました。気持ちのやさしい、感性の冴えたいい女性でした。その妻の死を、私はこのような気持ちで受けとめていたのです。こんなにも肯定的にそれができたのは、私が「いのちは死なない」と考えているからだと思います。

この自分の考えを、私は「他界説」と名づけています。生き物として死を迎え、肉体は滅びても、いのちは滅びないという考えです。いのちは生きたまま、この世ではなく、あの世という別の世界に移ります。いつのころからか、私はそう考えるようになりました。

前述しましたが、私には立禅という習慣があります。立ったままでおこなう禅です。その最中、雑念をはらうために、死んだ人の名前を次々とあげていきます。それを続けていると、死者たちが次々に思い浮かんできて、身近に感じられるようになりました。その人たちのいのちを、まざまざと感じることができるのです。

そうした経験から、たとえ人が死んでも、いのちは死なずに、あの世にいると私は信じるようになりました。

だから私にとって、死はけっして暗いものではありません。妻のいのちもあの世にいるに違いないと信じています。一面に咲き誇る菜の花を見ているときにも、私は妻のいのちを感じることができたのです。

殺戮死ではいのちも死んでしまう

私の他界説では、あの世に行くためには、自然の死でなければいけません。死に方が問題なのです。

たとえば、戦争では殺戮がおこなわれます。そうやっていのちを奪われるような死に方では、肉体が滅びるだけでなく、いのちも滅びてしまいます。そのため、他界することができません。あの世に行くためには、人間として自然の死を迎える必要がある、と私は考えています。

私の知人に、一度死んで、棺桶のなかで生き返った経験を持つ男がいます。今でも元気にしていますが、一度はたしかに死んでいるのです。その人が言うには、まわりにいた人たちの声が聞こえなくなったころから、音楽が聞こえはじめたのだそうです。そして、薔薇《ばら》の門をくぐり、美しい花園に入って行きます。おだやかで、とてもいい気持ちだったといいます。彼はそこで起こされ、生き返ったのです。

妻は病気による自然な死を迎えましたから、妻のいのちはあの世で生き続けているでしょう。私はそう信じています。だから、死んだ妻のことを考えながら、こんなにも肯定的な俳句を作ることができたのだと思います。

こころ優しき者生かしめよ菜の花盛り

死者のいのちが生き物としてあらわれ、私を生かしてくれる

死者のいのちはどうやってこの世にあらわれるか

亡くなった妻は、私以上にアニミズムの世界にあこがれていました。動物や植物にも魂を感じていたのかもしれません。

熊谷で暮らすようになってすぐに、猫を二匹もらってきました。そのうち、近所をうろついていた野良犬を連れてきて、これも飼うことになりました。とにかく生き物の好きな人だったのです。

動物だけでなく、樹木に対する思い入れも強く、庭の植木の多くは、秩父を歩きまわって手に入れたものです。農家に寄り、気に入った木があると、いただい

たり、売ってもらったりしていました。あのころは、農家の人が庭の木を抜いて、持ってきてくれたりしたものです。そうやって、秩父の土から生まれ、秩父の土で育った木が、庭に増えていきました。

妻は、他界したら榠樝《かりん》の木になりたいとも言っていました。

亡妻《ぼうさい》いまこの木に在りや榠樝咲く

妻が気に入って庭に植えた榠樝を見ていると、「あんたのいのちは今ここにいるのかね」と声をかけたくなります。私にとって、死者のいのちはごく身近に存在しているのです。

死者のいのちが私の生きるエネルギーになっている

いのちは死なない、「他界」に移るだけだ、と私は考えています。だからこそ、離れていった懐かしいいのちを、生きている姿として、頭に思い描くようになりました。そうすることで、すでに死んでしまった人を慕う気持ちや、その人たちにあこがれる気持ちを、持ち続けることができるのです。そして、それが生きるエネルギーになっているように思います。

他界説を信じている人は、人の死を肯定的に受けとめることができます。死者のいのちは私たちのすぐそばにいて、何かの生き物としてあらわれています。私の場合、それが自分の生命力を養ってくれるようです。

亡妻いまこの木に在りや榠樝咲く

肉体が滅びてもいのちは死なない。他の世界へと移っていく

自然に看取られ、死んでいく。悠々としたいのちの移行

いのちについて考えていくと、人間として生まれることや、人間として死ぬことは、いのちのはじまりでもなく、いのちの終わりでもないことがわかってきます。いのちは生まれる前からずっと続いていたし、死んだあともずっと続いていくのです。

人間誰しもいつかは死にますが、人間として死を迎えても、いのちは他の世界に移っていくだけです。そう考えると、死に対する恐怖は消えていきます。

誕生も死も区切りではないジュゴン泳ぐ

ジュゴンは広い海をゆったりと泳ぎます。その悠々とした泳ぎを、いのちの移ろいと重ね合わせてみました。

私もいつかは死んでいきますが、私のいのちがこの世からあの世へと移行するだけのことです。自然に看取られ、ジュゴンのように悠々と、あの世へと泳いでいきたいものだと思っています。

誕生も死も区切りではないジュゴン泳ぐ

金子兜太（かねこ・とうた）
俳人。現代俳句協会名誉会長。
1919年埼玉県比企郡小川町生まれ。同県秩父盆地皆野町にある父の医院で少年時代を過ごす。旧制水戸高等学校在学中に句作をはじめ、加藤楸邨に師事。東京帝国大学経済学部卒業後、日本銀行に入行。従軍を経て、終戦後復職。1974年定年退職。1962年同人誌（のちに俳誌）「海程」創刊、主宰。1983年現代俳句協会会長、1987年朝日新聞「朝日俳壇」選者。1988年紫綬褒章を受章、2005年日本芸術院会員に。2008年文化功労者。2010年毎日芸術賞特別賞、菊池寛賞を受賞。『知識ゼロからの俳句入門』（幻冬舎）、『荒凡夫 一茶』（白水社）、『金子兜太自選自解99句』（角川学芸出版）、『わが戦後俳句史』『小林一茶 句による評伝』『語る兜太―わが俳句人生』（聞き手黒田杏子）（以上岩波書店）など著書多数。

私はどうも死ぬ気がしない
荒々しく、平凡に生きる極意
2014年10月25日　第1刷発行

著　者　金子兜太
発行人　見城 徹
編集人　福島広司

GENTOSHA

発行所　株式会社 幻冬舎
〒151-0051　東京都渋谷区千駄ヶ谷4-9-7
電話　03(5411)6211(編集)
03(5411)6222(営業)
振替00120-8-767643
印刷・製本所　中央精版印刷株式会社

検印廃止

ISBN978-4-344-02666-7　C0095
幻冬舎ホームページアドレス　http://www.gentosha.co.jp/

この本に関するご意見・ご感想をメールでお寄せいただく場合は、
comment@gentosha.co.jpまで。

平成26年11月30日16時20分了、